MARIE CHRISTINE BERNARD

Treize jours d'Emma

EXPRESSION
ROUGE

Catalogage avant publication de Bibliothèque et Archives nationales du Québec et Bibliothèque et Archives Canada

Bernard, Marie Christine, 1966-
    Treize jours d'Emma
    (Expression rouge)
    ISBN 978-2-7648-0928-0
    I. Titre.
PS8603.E732T73 2013   C843'.6   C2013-941220-4
PS9603.E732T73 2013

Édition : Miléna Stojanac
Révision linguistique : Isabelle Taleyssat
Couverture, grille graphique intérieure et mise en pages : Chantal Boyer

Cet ouvrage est une œuvre de fiction ; toute ressemblance avec des personnes ou des faits réels n'est que pure coïncidence.

Remerciements
Nous reconnaissons l'aide financière du gouvernement du Canada par l'entremise du Fonds du livre du Canada pour nos activités d'édition.
Nous remercions le Conseil des Arts du Canada et la Société de développement des entreprises culturelles du Québec (SODEC) du soutien accordé à notre programme de publication.
Gouvernement du Québec – Programme de crédit d'impôt pour l'édition de livres – gestion SODEC.

Les Éditions Libre Expression
Groupe Librex inc.
Une société de Québecor Média
La Tourelle
1055, boul. René-Lévesque Est
Bureau 300
Montréal (Québec) H2L 4S5
Tél. : 514 849-5259
Téléc. : 514 849-1388
www.edlibreexpression.com

Dépôt légal – Bibliothèque et Archives nationales du Québec et Bibliothèque et Archives Canada, 2013

ISBN : 978-2-7648-0928-0

Cet ouvrage a été composé en Sabon 10,25/13 et achevé d'imprimer en septembre 2013 sur les presses de Marquis imprimeur, Québec, Canada.

Distribution au Canada
Messageries ADP
2315, rue de la Province
Longueuil (Québec) J4G 1G4
Tél. : 450 640-1234
Sans frais : 1 800 771-3022
www.messageries-adp.com

Diffusion hors Canada
Interforum
Immeuble Paryseine
3, allée de la Seine
F-94854 Ivry-sur-Seine Cedex
Tél. : 33 (0) 1 49 59 10 10
www.interforum.fr

À celui que j'ai toujours su mien.

« Le vent du paradis est celui qui passe
entre les oreilles d'un cheval. »
PROVERBE ARABE

« Dieu a donné les ailes aux oiseaux
et à l'homme, les chevaux. »
PROVERBE AFGHAN

MON AMOUR. Mon tout aimé, mon tendre fou sauvage. Tu meurs à côté de moi dans cette chambre blanche et je remonte à rebours le fil de nos amours échevelées. Tes mains tranquilles dans ton sommeil chimique, comme elles ont parcouru mon corps mon amour, comme elles ont su trouver les chemins pour me conduire où tu voulais. Je regarde ton visage, tes cheveux, ta bouche, et sous le parchemin des rides je vois qui tu étais, qui tu es encore, si longtemps après. Si longtemps...

Tant d'années vivantes. Et maintenant la mort.

Te souviens-tu, la première fois que nous nous sommes vus ? Nous nous la sommes racontée si souvent. Voilà, je suis là et je te la raconte encore, juste pour ton âme, avec la mienne qui a tout gardé intact.

❖

Tu es entré dans ma vie tout juste après la fin du monde. Le soleil neuf de ce début de juin dansait dans la poussière, sur le site du festival de Régentville, où je venais de finir d'installer ma forge portative. Oui, je me doute que ça te fait rire encore, cette histoire de fin du monde. Mais vois-tu, pour moi, ç'avait vraiment été le cas. Toute une vie qui s'est construite autour d'une idée du bonheur, et qui s'effondre tout d'un coup, parce que l'autre architecte a décidé de laisser tomber le plan pour aller construire ailleurs. Toute une vie dont tu te rends soudainement compte qu'elle était fausse, une illusion de vie, un éventail d'artifices, un décor de comédie.

La dépression m'a avalée immédiatement après la séparation. Je suis restée dans son ventre longtemps, longtemps, je ne sais plus. J'en ai émergé aussi dépourvue que désemparée, devant rien : impossible de retourner au travail quand le patron est l'homme avec qui tu as cru vivre durant près de vingt ans et qui t'a au bout du compte préféré la réceptionniste – qui n'est pas du tout plus jeune que toi. Trouver un autre poste d'hygiéniste dentaire me soulevait le cœur. Même dans une autre ville. Il m'a fallu beaucoup d'aide pour renaître de tout ça. J'ai dû être hospitalisée. Ma mère m'a conduite de force à l'hôpital après m'avoir trouvée en train d'écrire une lettre de suicide. Je n'ai gardé de cette période qu'un mirage d'anxiolytiques. Petit à petit pourtant il a bien fallu que je revienne à la lumière et, avec l'aide d'une psychiatre, je me suis reconstruit une image de moi.

Nous étions bien mal en point tous les deux, n'est-ce pas? Convalescents du cœur. Et puis sauvés par les chevaux. Comme il était beau ton Yyldyz… Mais j'embrouille tout, mon amour, pardonne-moi. Cela te faisait rire, ma manière de tout raconter en même temps. Tu laissais errer tes doigts sur mon dos nu et je parlais, je parlais, et puis ta langue venait chercher les perles de sueur juste en haut des fesses, dans le petit creux, et tu te glissais sur moi, tes mains venant par-devant chercher mes seins tandis que ma croupe se pressait à la rencontre de ton désir. Oh, mon amour, même là, même maintenant, alors que la mort fait son petit chemin dans ton corps affaissé, je te désire encore, je vibre encore, toute vieillie que je suis, au souvenir de nos joutes amoureuses. Ah, ce qu'on a pu la remercier, cette psy, de m'avoir orientée vers l'univers des techniques équines. Sans elle, jamais Emma n'aurait rencontré Philippe.

Je n'y aurais pas pensé toute seule, bien sûr. J'aurais pris l'argent du condo pour étudier quelque chose de pratique : du travail de bureau, de la vente… Jamais je n'aurais osé toute seule imaginer ce rêve réalisé. Un rêve enfoui dans la mémoire d'un été magique à la campagne, plus précisément à Sainte-Julienne, chez ma tante Sylvie, où ma mère m'avait envoyée me remettre de la mort de papa. Ma tante Sylvie et ses chevaux, et les garçons du village. Je ne sais pas quel a été l'ingrédient le plus important dans le mélange : les séances exploratoires de *french kisses* et de mains baladeuses, durant lesquelles je découvrais la force du désir sans être prête encore à aller jusqu'au bout ? La bonté de ma tante Sylvie ? La beauté du paysage ? La tranquille confiance des chevaux qu'elle gardait en pension et dont on s'occupait cet été-là ? Toujours est-il qu'en fouillant dans mes bonheurs passés pour trouver un peut-être avenir, je me suis arrêtée sur celui-là. Sans doute aussi avais-je envie de fuir les humains en quelque sorte, en me rapprochant des bêtes. Si j'avais su ! Oui, tu souris, j'en suis sûre, derrière ton masque de marbre, tu souris comme tu as souri si souvent à m'entendre évoquer cette histoire. Parce que si les chevaux m'ont ramenée à quelque chose, au bout du compte, c'est bien aux êtres humains.

Je venais de finir mon cours de maréchal-ferrant quand je t'ai aperçu cet après-midi de juin. J'entreprenais mon premier été de professionnelle en offrant mes services dans un festival western, comme j'avais l'intention de le faire durant toute la saison : j'allais parcourir la province au gré du calendrier des rodéos. J'achevais de poser mon enseigne et tu es apparu comme sorti d'un livre de contes de fées, avec ce grand manteau rouge, ces cheveux de cuivre et ce cheval, oh ! ce cheval ! Il y en a eu d'autres dans nos vies depuis lui, mais Yyldyz… Yyldyz, l'étoile de la steppe, était un prince parmi les chevaux.

Je ne savais pas alors quelle était votre histoire ni comment il t'avait sauvé de l'horreur que tu avais dû affronter dans ce pays d'hommes durs où la guerre t'avait jeté, et dont les fantômes te tourmentaient si fort. Mais ce que j'ai su tout de suite, ce que j'ai vu, c'est la force du lien qui vous unissait tous les deux. Il marchait à tes côtés sans licou, l'encolure ornée d'un simple collier serti de pierres brillantes, un bijou qui n'avait d'autre utilité que celle d'être joli. Une couverture de feutre, très colorée, couvrait son dos. Vous avanciez côte à côte dans une parfaite entente, comme les deux frères que vous étiez. Quelle beauté… Sa robe chatoyait au soleil, une robe dorée, vraiment dorée, comme je n'en avais jamais vu. Sa tête courte et volontaire, les crins peu fournis, les pattes fines, sa hauteur, tout cela lui conférait une grâce mêlée de force et d'intelligence. Tu as dit souvent par la suite que j'étais tombée amoureuse de Yyldyz avant de tomber amoureuse de toi. Tu me taquinais, mais peut-être avais-tu raison. Impossible de ne pas être ensorcelé par un tel cheval. Puis j'ai croisé ton regard et j'y ai vu… tout. Tout ce qui est toi et que j'ai voulu rejoindre absolument, complètement, et tout de suite. Mais une voix m'a interpellée et, lorsque j'ai voulu retrouver ta silhouette, il était trop tard. Tu avais disparu.

Tu DORS, MON CŒUR. Bienfaisant sommeil qui apaise ce corps qui ne t'obéissait plus très bien depuis un bout de temps déjà. Mon beau cavalier des steppes, même dans ce sommeil artificiel tu gardes le front haut et les traits fiers que j'ai tant aimés. Que j'aime encore.

Tu prenais plaisir à m'entendre te raconter comment s'est terminée cette journée de notre première rencontre. Toutes les aventures qui me sont arrivées cet été-là, je te les ai déjà racontées. Ces confidences que je t'ai faites mille fois, les lèvres contre ton oreille, ont servi de prélude à nombre de nos siestes d'après-midi, à quantité de nos étreintes du soir et du matin. Je sens encore la chaleur de ton sexe dans ma main, qui s'éveillait doucement à l'écoute de mes contes. Je devenais Schéhérazade pour toi, mon sultan du Nord, et si les mille et une nuits qui furent les nôtres n'ont jamais manqué d'être somptueuses, je n'ai jamais craint quoi que ce soit de ta main, à part des caresses enivrantes au point de me faire, parfois, presque tourner de l'œil. Écoute. Je vais me rapprocher de ton oreille. Tu frissonneras comme avant.

La voix qui m'avait détournée de toi était celle d'une jeune femme. Cheveux sombres, queue de cheval, les yeux brillants et le sourire coquin, elle portait l'uniforme western : jupe en jean, chemise à franges, bottes, chapeau. Moi aussi je portais mon chapeau, tu te rappelles ? Avec ma salopette et mon t-shirt blanc, le cou décoré du bandana rouge que tu aimais tant dénouer au dernier moment... J'étais en forme, je me sentais bien dans ma peau, même avec ce petit ventre qui me donnait tous ces complexes dont tu m'as libérée. Elle me demandait si j'étais maréchale-ferrant pour de vrai. Oh, elle est revenue cette question, au fil de la saison. Les gens ont fini par s'habituer, mais au début ils s'étonnaient tous qu'une petite bonne femme comme moi manipule de si grosses bêtes et travaille avec le marteau et l'enclume.

Tu veux que je te raconte avec tous les détails mon amour ? Oui... Comme avant... Je vais placer ma main là, comme tu aimes. Je ne sais pas si tu m'entends vraiment, mais je suis certaine que tu sens mon amour.

Les yeux de la nouvelle venue, gris, un peu en amande, s'ornaient de très mignonnes rides de rire. Elle avait l'air franchement sympathique. Je lui ai fait signe de me donner une minute, j'ai fini mon accrochage et je suis descendue lui parler.

Elle m'a tendu une main ferme dont j'ai aimé la paume chaude et sèche :

— Je suis Alice. Et toi Emma, comme sur ton affiche ?

— Oui.

— Emma Rose ? C'est ton vrai nom ?

Je me suis dit qu'on n'avait pas fini de me poser cette question-là non plus. Mais comme elle avait l'air vraiment gentille, je ne me suis pas impatientée.

— Oui. Et toi ? Tu es ici comme cavalière, ou bien tu as un kiosque ?

— Je suis chanteuse. Je fais un hommage à k.d. lang. Ce soir, dans la grande tente. Comme ça, tu es maréchale-ferrant pour de vrai ?

— Mais oui, ai-je répondu. Tu sais c'est pas si dur. Ça prend surtout de la technique et de la patience. Et il faut écouter le cheval.

— Tiens, a dit Alice. On dirait que tu as quelqu'un.

En effet, un homme s'approchait, tenant par la bride un beau cheval canadien à la robe baie. J'aimais cette race d'ici, robuste et dévouée. Dans mon rêve de ranch, c'étaient des chevaux canadiens que je voulais un jour héberger. La bête boitait légèrement. L'homme m'a expliqué que la boiterie avait commencé dans les dernières heures, que la jambe ne présentait ni enflure ni chaleur. J'ai fait entrer le cheval dans le stand.

— On va regarder ça. Viens, mon gros… il s'appelle comment ?

— Bingo.

J'ai aimé ce nom. Il allait bien à ce cheval qui paraissait enjoué, plein d'entrain.

— Viens, mon beau Bingo. On va prendre soin de toi.

Je n'ai pas eu de mal à trouver le bobo : un petit caillou coincé dans la lacune médiane, sous le pied, et qui dérangeait la marche. Je l'ai délogé en un coup de rénette, puis, tout en recommandant de surveiller pour l'enflure, je l'ai rendu à son maître à qui j'ai demandé pour tout salaire de faire savoir que j'offrais mes services aux cavaliers pour leurs bêtes. Ma visiteuse a semblé impressionnée.

— Wow ! C'est vrai que tu as le tour ! Il s'est laissé faire comme un chaton, le gros cheval !

— Tu sais, si on n'est pas nerveux, ils ne le sont pas non plus, lui ai-je expliqué.

Elle a paru avoir une idée. Elle a fouillé dans sa poche de derrière et en a sorti un billet de spectacle.

— Écoute, viens donc me voir ce soir ! On prendra un verre après si tu n'as rien d'autre. Je suis toute seule ici, moi.

— Tu n'as pas tes musiciens ?

Elle n'avait pas de musiciens : c'était trop cher. Elle jouait avec sa guitare et une machine électronique où étaient enregistrées toutes les orchestrations. Cela lui donnait les moyens de faire des tournées. Elle a posé une main sur mon bras.

— Tu sais, ça m'intéresse, ton métier de maréchale-ferrant. On pourrait jaser après le spectacle.

La psychiatre m'avait conseillé de rencontrer des gens. J'ai accepté. J'aimais bien la musique de k.d. lang, en plus.

En me préparant le soir, après une bonne première journée, pour me rendre au spectacle d'Alice, j'ai repensé à toi. Une simple rêverie mais insistante, la nostalgie émerveillée de quelqu'un qui a presque pu caresser une licorne... Je savais, j'étais absolument certaine que j'allais vous revoir, Yyldyz et toi.

⋰⋱

La voix d'Alice, sans être tout à fait aussi riche que celle de son modèle, était chaude, profonde, veloutée, et convenait parfaitement au répertoire. Elle portait un costume qui ressemblait à ceux qu'arborait k.d. lang à ses débuts : jupe et chemise western en satin violet, avec des franges blanches, Stetson blanc et bottes de la même couleur. J'ai apprécié, comme les autres spectateurs, ses versions de *Johnny Get Angry* (avec le grand cri à la fin), *Fall Into Pieces*, *Write Me In Care of the Blues*... mais aussi certains succès des années 1990 comme *Barefoot* ou *Constant Craving*... Elle proposait un très réjouissant *Miss Chatelaine*, et elle a terminé le spectacle par une version extrêmement sentie de *Wash Me Clean* qu'elle a chantée au complet en me regardant. C'était un regard qui ne m'avait pas souvent été destiné... Un regard de femme qui désire. J'ai deviné que, comme la diva canadienne, Alice était lesbienne, et qu'elle m'avait dans sa mire. Tu sais, j'ai vraiment eu envie de filer à l'anglaise d'abord, mais je me suis ravisée. Pourquoi pas ? Prendre un verre n'engage à rien...

Nous nous sommes trouvé tout de suite une foule de points communs, entre autres que nous avions toutes deux passé l'été de nos quatorze ans à Sainte-Julienne. Pas en même temps bien entendu, puisque nous avions presque dix ans de différence, mais nous avons trouvé la coïncidence bien cocasse. Les confidences sont venues naturellement, comme on fait avec des gens qu'on voit pour la première fois, en sachant qu'on n'a personne en commun et qu'on ne se reverra probablement jamais. À mon propre étonnement, j'ai parlé librement de ma vie sexuelle avec celui qui avait été mon seul compagnon de vie. À un moment donné, Alice s'est franchement étonnée :

— Tu n'as jamais joui ?

Gênée, j'ai haussé les épaules.

— Je ne suis pas sûre, ai-je admis. Mais je pense que je n'ai jamais éprouvé le vrai plaisir. Tu sais, celui qui fait trembler et pleurer…

Elle s'est mise à rire. Elle avait un très joli rire.

— Tu es peut-être aux femmes !

J'ai répondu en riant que non, que j'étais sûre d'être attirée par les hommes. Mais je lui ai avoué ce que je pensais, au fond de moi :

— Peut-être que c'est mon corps… peut-être que ça ne fonctionne pas chez moi.

Alice m'a lancé un regard étrange et m'a caressé le poignet du bout du doigt.

— Peut-être que c'est toi qui ne sais pas comment le réveiller, ton corps.

J'ai frissonné. Le regard d'Alice était sans équivoque. Le doigt avait laissé une trace chaude sur mon poignet. Peut-être… Après tout, peut-être que l'amour avec une femme me donnerait cela… Peut-être que je ne savais effectivement pas comment éveiller mon corps… Peut-être que cette jeune femme, Alice, avec ses pommettes roses et sa belle bouche coquine, saurait, elle, comment faire… Je me sentais ivre. Ivre et libre. Entièrement libre. Spontanément je me suis levée et l'ai prise par la main.

— Viens.

J'ai entraîné Alice vers ma Caravan. Nous sommes arrivées essoufflées, riantes. L'air était piquant en cette soirée de fin de printemps, nos joues étaient rouges et nos nez coulaient un peu. Face à face, reprenant nos souffles, nous nous sommes contemplées un moment.

— Tu es vraiment une belle femme, m'a dit Alice. J'aime ça, moi, les femmes avec une petite bedaine. Puis tu es forte. Tes épaules ont l'air puissantes même si elles sont petites.

Elle a posé ses mains sur mes épaules, joignant le geste à la parole. Je respirais rapidement, le ventre noué par une sensation à la fois délicieuse et effrayante. Le désir... Le désir, mon amour, pour de vrai. J'ai laissé Alice approcher son visage du mien, puis toucher légèrement mes lèvres avec les siennes. J'ai fermé les yeux tandis que, doucement, doucement, Alice baisait ma bouche. Je sentais ses dents gourmandes me mordre presque mais sans le faire vraiment, sa langue curieuse qui venait me goûter... C'était un baiser comme je n'en avais jamais connu, un flot de sensations qui se répandaient dans tout mon corps et réchauffaient cette partie la plus intime de moi-même que tu as tant embrasée, toi, de toutes les façons possibles. Lorsque soudain Alice s'est plaquée contre moi et a enfin complété son baiser, poussant sa langue dans ma bouche, je brûlais de désir, j'étais prête à tout, prête à enlever mes vêtements là, dehors, tout de suite, à me laisser investir par le corps de l'autre, à l'investir moi-même. Tu sais comme je vibre dans ces moments-là, comme mon corps tremble, et c'était la première fois. Le désir, le vrai, enfin… Je sentais mon cœur battre au bas de mon ventre, comme un tambour qui appelle.

Lorsque le baiser s'est arrêté, nous sommes demeurées l'une en face de l'autre, pantelantes. Alice a eu un rire joyeux.

— Tu embrasses bien en tout cas, pour une fille dont le corps ne fonctionne pas.

J'ai souri.

— Je crois que tu avais raison… je ne savais juste pas comment faire… Tu… Veux-tu entrer ?

Alice n'a pas eu le temps de répondre. Dans mon champ de vision, le grand cheval doré était réapparu. Cette fois, tu étais sur son dos. Sans selle, seulement sur le tapis multico-lore, portant ton grand manteau rouge, que tu m'as appris par la suite être un tchapane, et la tête surmontée d'un extravagant chapeau de longs poils blancs frisés. Dans la brume du soir, vous sembliez sortir d'un songe. À nouveau, nos regards se sont croisés. Oh, tes yeux ! Tes yeux noirs mon amour, ils savaient tout de moi, déjà. J'ai été prise d'un trouble indicible. Maladroitement, j'ai repoussé Alice en bredouillant une excuse.

Je l'ai laissée là et je me suis engouffrée dans ma Caravan.

Enroulée dans mon sac de couchage, j'ai eu du mal à m'endormir. Dans ma tête tournaient les images de cette première journée, puis les sensations de la fin de soirée… Mais ma dernière pensée consciente a été pour toi. Pour toi, et pour Yyldyz.

3

LA LUMIÈRE ENTRE À FLOTS dans ta chambre
ce matin. Tu la sens ? Tu aimais tant le grand
soleil d'été, le grand soleil et le grand vent. Ils
te rappelaient tes années dans la steppe, avec
ceux qui t'avaient recueilli après cet accident
ignoble où tes propres compagnons t'avaient
laissé pour mort. Une bavure. Un dommage
collatéral. On peut appeler cela comme on
veut, mais il reste qu'un tir ami a déglingué la
jeep où tu te trouvais avec d'autres, transpor-
tant des vivres vers un village isolé du nord-est
de l'Afghanistan, et tu as été laissé là, baignant
dans ton sang, tandis que tes copains fuyaient,
complices des autres, et te déclaraient disparu.
Sans ces voyageurs turkmènes, tu n'aurais
pas vécu. Et sans eux tu n'aurais pas connu
les Akhal Teke, les véritables seigneurs des
steppes, les grands chevaux altiers qui ont
autrefois accompagné Genghis Khan dans
sa conquête de l'Asie centrale. Tu n'aurais
pas connu Yyldyz, ton Étoile, cet incroyable
animal à la fourrure d'or qui t'a révélé à moi.
Oh oui, je bénis ces hommes dignes dont tu
m'as parlé avec tant d'affection, et leur amour

des chevaux qui t'a permis de te guérir des enfants mutilés, des femmes réduites à l'état de bêtes de somme, des hommes torturés, de tout ce que tu as vu de la barbarie cautionnée par le pays qui t'envoyait là. Notre pays, qui a fini par te retrouver au bout de cinq ans, alors que tu étais devenu un des leurs, un cavalier turkmène coureur de buzkachi, ce sport ancien et violent où l'homme doit faire non pas corps, mais âme, avec son cheval. Notre pays qui t'a ramené de force. Ce n'est qu'au bout de pas mal de démarches que tu as pu te libérer de l'armée et faire venir Yyldyz ici. Yyldyz, dont tu m'as dit, un jour : « C'est mon frère. »

Tu as les lèvres si sèches. Comme elles étaient douces au temps des baisers, tes lèvres. Elles buvaient sans jamais s'assouvir à toutes les sources de mon corps, et moi je leur donnais à boire, toujours, j'étais inépuisable et j'avais la même soif de toi. Mais toi, ta soif décuplait au son de ma voix te contant mes aventures. Tiens, tu te souviens de l'histoire de l'auto-stoppeur ? Une de tes préférées. Que j'humecte un peu tes lèvres avec ce coton, et je vais te la raconter encore si tu veux.

C'était sur la sinueuse 138, en route pour un autre festival. À quarante et un ans, je me sentais bien. Je me sentais plus en phase avec moi-même que jamais. Ma première saison de maréchale-ferrant ambulante semblait vouloir se dérouler selon mes souhaits, et même au-delà. Premièrement, j'avais travaillé suffisamment pour payer tous mes frais, avec un petit profit en plus, ce qui laissait espérer que le bouche à oreille allait faire son œuvre et me permettre d'engranger de vrais profits. Je me dessinais déjà, dans ma tête, une jolie fermette avec deux ou trois chevaux, un gros chien et des chats. Et puis... Et puis, deuxièmement, j'avais découvert que, contrairement à ce que je croyais, mon corps fonctionnait tout à fait bien. Une femme m'avait embrassée, ce que j'avais tout de même fort apprécié, et le lendemain soir j'avais connu un orgasme assez fantastique avec un amateur de danse en ligne. Dire que jusque-là j'avais toujours été si prude... et puis, tu sais que mon homme précédent n'était pas très fantaisiste au lit. Il savait m'amener à un certain plaisir avec ses doigts, mais c'était... disons... mécanique, un peu comme avec un vibromasseur. Hygiénique, sans plus. Je me rendais compte que le désir n'était plus au rendez-vous depuis déjà un bon bout de temps lorsqu'il m'a quittée. Était-ce pour cela ? Ou bien, le désir était-il parti parce que notre couple n'existait plus qu'en façade ?

En tout cas, pour moi, il était bien clair que je ne me laisserais plus dessécher comme ça. J'étais maintenant bien déterminée à me donner tous les droits au plaisir. Cela te faisait rire, mon amour, quand je disais cela. Tu ajoutais que j'avais bien raison, et tu fourrais tes mains dans mes vêtements…

Mais moi, à ce moment-là, en roulant sur la 138 dans ma vieille Dodge Caravan, je souhaitais ardemment revoir l'homme qui avait si bien enflammé mon imagination à Régent-ville… Ton physique de Highlander, avec tes habits si exotiques… Et ce cheval tellement racé et si bien dressé qu'il marchait à côté de son maître sans licou : on aurait pu le prendre pour un pur-sang arabe, mais ses crins très rares et sa tête courte le distinguaient. Et sa robe de soie dorée aussi, bien sûr…

Je roulais, roulais sur la route qui conduisait jusqu'au bout de la terre de Caïn. Tout ce bleu, quelle beauté ! Bleu le ciel, bleu le fleuve, et encore plus bleus tous les deux lorsque séparés par la bande vert éclatant des montagnes de Charlevoix. J'avais oublié, toutes ces années à décorer mon condo sur les conseils éclairés de jeunes designers dans le vent, combien peut être émouvante la vraie beauté, celle qui ne répond pas à une palette de couleurs savamment établie selon les tendances du jour. Simplement l'eau, l'air limpide, et les arbres. Ils avaient l'air heureux, les arbres, ici… Je me suis dit que je pourrais vivre dans cette région et me suis mise à imaginer une vieille petite maison sur les hauteurs, avec une grande véranda pour regarder passer les bateaux, voir le souffle des baleines. Avec, bien sûr, un enclos derrière où gambaderaient des chevaux. Je me suis trouvée comique tout à coup, parce que je réalisais que le nombre de mes chevaux imaginaires augmentait sans cesse, à mesure que je voyais mon rêve se rapprocher.

Peu avant midi, au détour d'une courbe, j'ai aperçu un auto-stoppeur. Un jeune, avec un gros sac à dos et ce qui m'a semblé des rastas dans les cheveux. Il brandissait un bout de carton sur lequel on lisait, en majuscules : « N'IMPORTE OÙ À L'EST D'ICI ». Spontanément j'ai freiné et je lui ai lancé, par la fenêtre ouverte :

— Moi aussi, c'est là que je m'en vais ! Embarque !

C'était un garçon très intéressant. Intelligent, drôle. Mignon. Il étudiait pour devenir anthropologue et souhaitait se rendre dans les communautés innues de la Basse-Côte-Nord. La faim nous rappelant l'heure qu'il était, nous nous sommes arrêtés pour acheter du crabe dans une poissonnerie et sommes descendus vers le quai d'un petit village qui pointait vers le large tout seul en bas d'une côte abrupte. Quelques tables à pique-nique garnissaient une aire de repos déserte. La saison touristique ne battait pas encore son plein, nous avions toute la place pour nous.

Dédaignant les tables, nous nous sommes installés un peu en retrait, sur un petit bout de plage sablonneux, sur son sac de couchage déroulé. J'ai bien protesté, mais, en riant, il m'a dit que son sac en avait vu d'autres.

Je ne sais plus comment ça a commencé. Peut-être qu'il a essuyé un peu de jus de crabe qui coulait sur mon cou. Nous n'avions que son couteau suisse et nos dents pour casser les pinces, et cela nous amusait beaucoup. Il me faisait m'esclaffer en grognant comme un homme préhistorique alors qu'il mordait dans la chair juteuse. Le vent nous fouettait juste ce qu'il fallait, la vie palpitait de toutes ses forces autour de nous. Je me souviens bien de sa main sur ma joue. De sa voix qui disait : « Je te trouve pas mal *cute*, madame. » Le désir est venu comme un vertige, j'ai tendu mes lèvres et tout de suite sa langue y est entrée, un peu gauche, trop loin peut-être, mais cette fougue était délicieuse, justement parce que le vent et le fleuve, et parce que le ciel trop grand… tout cela nous emportait plus loin que nous-mêmes. Il a caressé mes seins sous mon t-shirt et j'ai senti tout de suite les pointes en devenir très dures. Je me suis étendue sur la couverture et l'ai attiré sur moi. Sa langue fouillait ma bouche, il relevait ma jupe et ôtait ma culotte, ses doigts fourrageaient dans mon sexe qui battait la chamade, j'étais prête, vite, vite, ma main s'en est allée chercher sa jeune verge pour la guider vers mon ventre, dont l'entrée était déjà ruisselante.

Il me mordait le cou en me pénétrant. Chaque coup qu'il donnait, vigoureux et accompagné d'un han! sonore, vibrait dans mon être au complet. Il était, ce garçon, la vie même qui me pénétrait et m'emplissait. Il a joui trop vite, me laissant pantelante, inassouvie. Après un court moment, il s'est retiré de moi et a fait mine de se rajuster. Je l'ai retenu.

— Attends… Moi, j'ai pas fini…

Et couchée comme j'étais sur le sac de couchage, le t-shirt et la jupe remontés, j'ai entamé avec mes doigts un mouvement circulaire sur mon clitoris. Il regardait, un peu gêné, mais fasciné. Je l'ai invité à s'approcher.

— Viens… Aide-moi…

Il a joint sa main à la mienne, j'ai guidé deux de ses doigts dans mon sexe et, tandis qu'il les faisait aller et venir, j'ai poursuivi la caresse de mon côté, jusqu'à ce que le plaisir me soulève et me fasse feuler comme une chatte. Mon jeune amant, de nouveau fringant, s'est jeté sur moi pour m'investir à nouveau et j'ai continué de jouir pendant qu'il me besognait en me mordant encore le cou, comme fou. Ah, je repense à cette fois-là, et j'ai encore quelque chose qui se passe au bas du ventre. C'était grand et sauvage comme la nature qui nous entourait. Il a joui au bout d'un plus long moment, cette fois, en poussant une espèce de sanglot, et s'est effondré sur moi.

— Ouf, a-t-il fini par souffler. C'était fort.

Nous sommes remontés dans la voiture et n'avons presque plus rien dit, absorbés que nous étions par les réminiscences de notre halte gourmande. Une fois arrivée à ma destination, je l'ai fait descendre. Il voulait me revoir, souhaitait que je lui laisse une adresse où me joindre. J'ai refusé. Cet après-midi magique devait rester pour nous deux un chaleureux souvenir. Je l'ai laissé debout avec sa pancarte « N'IMPORTE OÙ À L'EST D'ICI » et j'ai pris la direction de mon prochain festival.

Ton ventre sous ma main se soulève et s'abaisse tranquillement. Tu respires plus calmement que tout à l'heure, il me semble. Ou est-ce un effet de mon imagination ? Comment savoir ? Les infirmières semblent se demander ce que je peux te chuchoter avec tant de loquacité depuis qu'on t'a mis sous respirateur. Que savent-elles des secrets des vieux amants comme nous, hein ? Le bonhomme mourant et sa bonne femme : des amants, vraiment ? Pourtant je frémis encore, tu le sais, je frémis aux souvenirs de nos jeux fiévreux bien sûr, mais je frémis encore au toucher de ton bras, à sentir la masse diminuée mais toujours compacte de tes muscles noueux; quelque chose s'éveille encore au fond de mon ventre lorsque ma paume s'attarde là, dans le creux chaud de ta nuque, en cette caresse tendre qui t'apaisait chaque fois sans faillir. Elles sauront un jour, peut-être, ces jeunes femmes bien intentionnées, que l'amour n'a que faire des enveloppes de chair et de leur déliquescence, et que le désir parle le langage de l'âme.

Il faut que je m'en aille maintenant, je dois les laisser faire leur office, ici, tes anges gardiens des portes de l'autre monde. Ne pars pas sans me dire au revoir, mon amour. Je reviens demain.

ILS M'ONT DONNÉ LA PERMISSION de m'étendre
tout contre toi. Comme ça tu peux sentir ma
chaleur, et c'est mieux pour mon dos aussi…
me pencher toute la journée pour te parler
dans l'oreille, avec ces fauteuils d'hôpital, à la
longue, ça réveille les vieilles douleurs. Il faut
dire que nous ne les avons pas épargnés, nos
corps. Toi le cavalier, moi la besogneuse, nous
sommes bien allés au bout de nos os tous les
deux. Nous nous couchions souvent, le soir, les
membres fourmillants de fatigue, pour nous
réveiller au matin pratiquement invalides tellement nous étions perclus de courbatures. Et
ça ne s'est pas arrangé avec l'âge… Au moins
tu n'as mal nulle part maintenant. Ces bons
massages que tu me faisais, les matins où je
tentais de réveiller mes muscles en geignant.
Ta main chaude au creux de mon dos, sur mes
épaules, le long de mon échine, puis, quand tu
sentais que je commençais à me délier, sur mes
fesses et jusqu'entre mes cuisses… Je faisais
semblant que tu me chatouillais, mais, rapidement gagnée par le désir qui naissait sous tes
doigts, je me cambrais, t'offrant ma croupe

comme l'animale amoureuse que je devenais dans ces moments-là. Tu entourais ma taille de tes bras et ton sexe glissait dans le mien. Nous restions parfois immobiles un long instant, savourant l'entente parfaite de nos corps. Puis tu disais : « Conte-moi un conte, ma déesse d'amour… » Et je contais, la voix altérée, et à mesure que j'avançais dans mon récit, ton bassin se mettait en mouvement, doucement, doucement… le jeu était de laisser ta conteuse aller au bout de sa narration, de n'intensifier le mouvement qu'à la fin, quand les protagonistes se retrouvent dans le même paroxysme. Tu veux que je te conte un conte, mon doux prince des steppes ?

Je peux te raconter celui où l'on voit la déesse d'amour s'emmêler les jambes dans la danse en ligne. Tu veux ? Je vais me rapprocher de ton oreille, attends une seconde…

C'était encore dans les premiers temps de cette folle saison de festivals durant laquelle nous avons fait connaissance. J'étais installée au bar du chapiteau où se produisait ce soir-là un orchestre qui promettait de faire danser les festivaliers comme jamais. J'ai commandé un whisky. Je n'avais pas trop l'intention de chauffer le plancher. Tu sais combien j'ai toujours été maladroite : je risquais de mettre la pagaille dans la chorégraphie. Presque sitôt les premières notes jouées, une silhouette masculine est venue se placer entre les danseurs et moi. Pas étonnant, presque toutes les femmes étaient en couple ou en groupe de filles un peu hystériques. Les femmes seules ne sont pas légion dans les festivals country. Il m'a demandé poliment la permission de s'installer près de moi. Un gars ordinaire, le sourire avenant, le visage ouvert. Un coup d'œil discret à la main gauche m'a renseignée sur le fait qu'il n'était pas marié – même si je savais très bien qu'une alliance, ça s'enlève… Il n'avait pas encore fini de m'offrir un verre (ses lèvres remuaient encore) que je songeais déjà à la suite… Oui, il ferait l'affaire si j'avais envie d'un extra en fin de soirée. Mon nouvel appétit m'a fait sourire. Le type a pensé que c'était pour lui et a paru flatté.

Il m'avait vu ferrer un cheval dans l'après-midi et prétendait m'avoir trouvée tout de suite jolie. Il m'a dit se prénommer Luc.

L'orchestre avait entamé un *two-step*. Évidemment il a voulu aller danser. J'ai secoué la tête. Il a insisté.

J'ai essayé d'afficher un sourire contrit, lui disant que je ne lui en voudrais pas s'il préférait y aller. Il a paru hésiter un instant, puis j'ai vu ses yeux s'attarder sur mon t-shirt avant de revenir vers mon visage. Il m'a commandé un whisky.

Nous avons trinqué et ensuite nous avons échangé des banalités sur la vie, le gouvernement, la météo. Je me suis aperçue rapidement que nous n'avions pas les mêmes champs d'intérêt, mais c'était un gentil garçon. Et, ma foi, il avait une assez belle bouche... Je me suis laissée prendre par l'ambiance et la chaleur de mon second whisky.

Je supportais bien le whisky, mais j'ai quand même fini par être un peu soûle. Assez en tout cas, pour laisser Luc m'entraîner sur la piste de danse. Ç'a été une catastrophe, ainsi que je l'avais prévu. Incapable de tenir les pas, j'ai vite déclaré forfait, chassée par les regards outrés des autres danseurs. Luc a paru un peu ennuyé, mais je riais tellement de ma maladresse qu'il a fini par s'en amuser aussi.

Quand la joyeuse bande de musiciens a terminé sa prestation, j'étais parfaitement ivre et les mains de Luc allaient et venaient sur mes cuisses depuis une bonne demi-heure. Et j'aimais bien ça, en fait... Je me souviens m'être dit que, peut-être, si ces mains-là franchissaient la barrière de la petite culotte, j'aimerais aussi. Tu appréciais que je porte une jupe sans culotte dessous, tu te rappelles ? Je te disais : « Comme ça, n'importe quand, je suis prête. »

J'avais le hoquet. J'étais vraiment soûle. J'ai annoncé que je voulais rentrer, ce qui n'a pas eu l'heur de plaire à mon compagnon. J'ai flatté la main qui s'attardait quand même sur ma cuisse avec un sourire engageant.

— Mais est-ce que ça te tenterait de venir me border ?

Il ne s'est pas fait prier.

Je me suis laissée déshabiller dans une bienheureuse légèreté. À ce moment-là, je n'avais encore jamais fait l'amour avec personne d'autre que mon compagnon des dix-huit dernières années. Complètement, je veux dire. Luc avait les mains douces et ne s'empêtrait pas dans mes vêtements. Il me baisotait le cou, léchait mes lobes d'oreilles au passage, ce qui me procurait de délicieux frissons. Lorsqu'il a eu détaché mon soutien-gorge, apparemment sans difficulté, il a reculé un court instant pour contempler mes seins, que j'avais généreux, encore fermes pour mes quarante et un ans, l'aréole large et le mamelon petit. Il en a saisi un entre ses dents et l'a sucé un peu, puis, comme je l'encourageais en gémissant, il est passé à l'autre. Il s'est ensuite agenouillé pour enlever ma jupe et ma culotte. Puis, les mains sur mes fesses bien rebondies, il a doucement posé son visage contre la toison que je ne rasais pas : j'ai toujours refusé, sauf une fois, de me plier à cette étrange mode qui donnait aux femmes des sexes de fillettes.

— Tu sens bon, a-t-il dit. Tu sens la femme. J'ai envie de mettre ma langue. Veux-tu ?

Si je voulais ? Oh oui ! Tout mon corps exigeait de s'ouvrir sur ce visage. C'était peut-être le whisky, c'était peut-être aussi cette liberté toute neuve, mais je me sentais soudain sans complexes, moi qui avais toujours été gênée de mon ventre, des odeurs de mon corps, de plein de petits détails qui agaçaient mon sens du ridicule. J'ai chuchoté mon consentement et, débarrassant mes pieds encore bottés des vêtements qui les encombraient, je lui ai tendu la main pour l'entraîner vers la petite couchette de ma Caravan où je me suis étendue, tandis qu'il se déshabillait à son tour. J'ai gardé les yeux ouverts, moi qui avais toujours été si pudique, pour le regarder ôter sa chemise, puis détacher sa grosse ceinture de cow-boy. Il a ôté ses bottes et j'ai voulu faire de même.

— Non, non! a-t-il soufflé. Garde-les.

J'ai obéi et tandis que les jeans en tombant par terre révélaient un sous-vêtement tendu par une bosse prometteuse, je n'ai pu m'empêcher de tendre la main pour toucher son sexe à travers le coton blanc.

— Hmmmmm…

Nous nous sommes embrassés. Les langues fouillaient les bouches, les mains parcouraient les corps. J'étais excitée, prête à le recevoir en moi. Oh que j'avais envie de ce sexe, là, tout de suite.

— Viens…

— Non… Attends… Pas tout de suite… Je veux savoir ce que tu goûtes, ma belle.

Il est retourné vers le bas de mon ventre, bécotant tout le corps au passage, a passé les mains sous mes fesses pour empoigner fermement celles-ci avant d'enfin coller sa bouche entre mes cuisses qui tremblaient de désir. Délicatement, de la langue, il a écarté les lèvres pour aller chercher le clitoris qu'il a saisi pour lui appliquer une succion douce. Je gémissais. Jamais je n'avais été si excitée. Lorsqu'il a fait entrer un doigt dans mon vagin tout en déplaçant sa langue dans le creux chaud et mouillé, j'ai crié. Le plaisir m'a saisie tellement fort que tout mon corps a été pris d'un immense tremblement. Dès qu'il m'a sentie jouir, il s'est dépêché de venir me pénétrer, ce qui m'a fait crier encore. Il m'a bâillonnée de sa bouche et nos langues se sont cherchées violemment tandis que nos bassins se pressaient à la rencontre l'un de l'autre. Il a joui à son tour en poussant une sorte de soupir, puis s'est laissé aller sur moi, encore toute pleine de tremblements. Je me sentais euphorique.

— Merci ! ai-je dit.

— Merci ? Mais le plaisir était pour moi, chère.

— Qu'est-ce que tu fais ?

Mon amant avait entrepris de se rhabiller.

— Faut que je parte.

— Tu veux pas passer la nuit ?

Si longtemps sans plaisir, je sentais que mon corps était loin d'être rassasié. Luc a détourné légèrement les yeux avant de répondre.

— Non… J'aimerais ça, mais… faut que je parte.

J'ai compris à cet instant qu'il n'était sans doute pas libre. Et je me suis étonnée de ne pas m'en offusquer. Qu'est-ce que ça faisait ? Ce n'était pas mon problème à moi, après tout. Il était bon amant, j'avais envie de recommencer. Mais pas lui, apparemment. Son air soudain gêné m'a confirmé qu'il venait très certainement de commettre un adultère.

La porte de la Caravan s'est refermée sur la nuit. J'ai considéré un temps le ciel étoilé, que j'apercevais par les vitres, le corps encore résonnant des vibrations que ce plaisir inattendu, si intense, m'avait apportées. J'ai dit, à voix haute : « Eh ben… C'est aussi simple que ça. Si j'avais su avant… » Et j'ai dû m'endormir.

C'était la veille de notre deuxième rencontre.

À QUOI RÊVES-TU, amour, dans ce sommeil qui n'en est pas un ? Fais-tu encore ces songes peuplés de chamans montés sur des tambours comme sur des chevaux magiques ? Y a-t-il encore dans tes nuits des héros partis à la recherche de leur âme ? Tu m'avais parlé de cette légende qu'un vieux conteur de village offrait à ses auditeurs captivés, certains soirs, après la dure journée de labeur auprès des bêtes. Le héros Toshtuk, à qui une sorcière avait volé son âme pour la cacher aux enfers, partait avec son cheval Tchal Kouirouk dans une quête terrible. Ils traversaient plusieurs épreuves et c'était toujours le cheval qui sortait Toshtuk du mauvais pas, grâce à sa ruse, sa force, son endurance… Et finalement, il rendait à l'homme son âme en combattant le chaudron maléfique dans lequel elle se trouvait enfermée. C'est une très ancienne légende des steppes et tu y avais alors trouvé un écho à ta propre quête, bien sûr. Les chevaux, surtout le premier qui ait été tien, le beau Yyldyz à la robe dorée, t'ont aidé à retrouver ton âme à toi aussi, et le chaudron n'était rien

d'autre que le traumatisme de cette guerre
sale où tu as vu trop d'humains se com-
porter en monstres. Tu m'as parlé souvent
de ce conteur, qui préservait une tradition
orale plusieurs fois millénaire dans ce village de montagne dont les habitants n'étaient
musulmans que depuis quelques siècles, et
qui prétendait que son tambour était le
cheval qui permettait à son âme de voyager
dans le monde des esprits. Tu m'as décrit les
visages des hommes à la lueur des feux de
brindilles, leurs yeux mobiles et vifs sous le
ciel constellé, les cicatrices nombreuses, les
mains tordues des cassures récoltées au jeu
de buzkachi, ces hommes qui redevenaient,
au son de la voix du conteur, des enfants
fascinés. Et les femmes ? Tu m'as peu parlé
des femmes. Elles sont effacées du monde,
là-bas, les femmes. Jamais l'une d'elles n'a
pu voir son homme courir le buzkachi : c'est
interdit. On ne les voyait jamais, disais-tu.
Les hommes qui t'ont recueilli et soigné
avaient certes des épouses… mais tu n'en
as pas eu connaissance. Il aurait fallu, pour
que tu aies contact avec les femmes, qu'un
chef désire te faire épouser sa fille ; et dans
ce cas tu n'aurais vu ton épouse que le jour
du mariage. Mais tu te trouvais alors bien
loin de l'idée même d'approcher un membre
de l'autre sexe. Quand on a perdu son âme,
comment s'intéresser à celle de quelqu'un

d'autre ? As-tu pâti, mon cœur, durant ces cinq années sans toucher un corps de femme ? Tu m'as dit que j'étais la première, depuis ton retour. La première depuis ton voyage aux enfers. Tu pleurais, tu te rappelles ? Nous pleurions tous les deux, la première fois que tu es entré en moi. Nous avons mêlé nos larmes à nos salives, nous embrassant avec une voracité de bêtes tandis que nos corps se découvraient enfin – se retrouvaient, se réemboîtaient comme l'androgyne originel qui se serait réuni à lui-même.

Mais il a fallu du temps avant que le contact se fasse. Je t'ai entrevu plusieurs fois, avec ton beau cheval, de festival en festival. Et pas chaque fois : moi, je me cantonnais aux festivals country, mais toi tu allais un peu n'importe où, au gré du bon vouloir des organisateurs qui souhaitaient mettre à leur programme le couple étrange que vous formiez. Nos yeux se sont bien croisés à plusieurs reprises, mais jamais tu n'as fait un mouvement vers moi, absorbé que tu étais dans ton monde intérieur encore trouble. Yyldyz avait libéré ton âme du chaudron, mais tu n'étais pas encore tout à fait sorti des enfers… Je n'ai su que vers le milieu de l'été qui tu étais. En tout cas, en partie.

Mes voisins de kiosque étaient presque chaque fois les mêmes, un petit couple charmant, fin trentaine : Manon et Steve. Des artisans. Ils travaillaient le métal tous les deux : lui fabriquait de grosses boucles de ceinture, des *bolos* – ces cravates western composées d'un lacet et d'une boucle en métal, des chandeliers et toutes sortes d'autres objets décorés dans le goût country, tandis qu'elle confectionnait de délicats bijoux autour du thème du far west. Nous nous sommes assez rapidement liés d'amitié. Bien sûr, j'ai bien vite hasardé une question à propos du cavalier qui hantait mon imagination.

— Aaaaaaah ! Oui, le bel étranger… a dit Manon en adressant à son compagnon un sourire entendu. Personne sait vraiment qui c'est. Ça fait un bout qu'il est dans le circuit, toujours tout seul avec son drôle de cheval. On le voit pas à tous les festivals, mais des fois il fait les compétitions de lasso… Il a une méthode vraiment spéciale pour attraper les veaux…

— Comment ?

— Pas de lasso ! C'est un vrai acrobate. Il fait un avec son cheval. Il peut se mettre quasiment la tête en bas pour attraper le veau par les pattes.

— Wow ! Et… son costume, là, c'est quoi ? C'est pas western du tout.

Manon a secoué la tête.

— Ça, je pourrais pas trop te dire… Il paraît qu'il a été en Afghanistan, ou en Irak, je sais pas trop… à la guerre, en tout cas.

Ç'a l'air qu'il a eu un accident là-bas et que c'est des genres de cavaliers du désert qui l'ont soigné. Ce serait leur costume à eux, ce qu'il porte.

— Tu sais son nom?

Nouveau hochement de tête.

— Il se fait appeler Gyzyl. Mais il est québécois, ça c'est sûr. Canadien certain, en tout cas. Il y en a qui disent qu'il a du sang iroquois. Son cheval, c'est le grand Yyldyz. Regarde, ils sont sur le programme, en présentation spéciale. Ils vont aussi faire le gymkhana et les barils. C'est toujours impressionnant de voir comment ils sont unis, comme s'ils avaient juste un cœur pour deux.

Elle m'a tendu un dépliant. Mon cœur a fait un bond en reconnaissant la coiffure, le manteau, le cheval. On vous voyait dans l'arène, un nuage de sable vous entourant, et toi – le Grand Gyzyl – tu te tenais, apparemment à la seule force de tes cuisses, perpendiculaire à ta monture, les bras tendus, en train de saisir la patte arrière d'un veau. *Le Grand Gyzyl et son extraordinaire cheval Yyldyz dans une démonstration digne des mille et une nuits*, pouvait-on lire au-dessus de l'image. L'exhibition était prévue pour l'après-midi suivant. Manon, devinant mon trouble, a insisté pour que j'y aille.

— Vas-y! Tu vas le voir en action! Peut-être que tu vas pouvoir lui parler, même.

Mais je ne pouvais pas quitter ma forge comme ça. Le lendemain était la grosse journée de compétitions, il fallait que je sois là pour les clients.

Manon m'a donné une petite tape sur le bras.

— Je vais la surveiller, ta forge. S'il y a des urgences je viendrai te chercher. Parce que, si jamais c'est l'homme de ta vie, ce bonhomme-là, pas question de manquer ta chance de le voir de plus près, non?

La jeune femme et son compagnon ont échangé un clin d'œil complice. Gagnée par leur bonne humeur, j'ai accepté l'offre de Manon. J'ai aussi accepté de les accompagner, elle et son amoureux, le soir venu, au casino voisin, où ils avaient envie de s'essayer au jeu, pour voir.

⁂

Quelle étrange atmosphère que celle d'un casino! Quand nous y avons pénétré, il faisait encore jour en ce milieu d'été. Pourtant, impossible à l'intérieur des salles d'avoir une idée de l'heure qu'il était.

— Au casino, c'est toujours la nuit, m'a dit Steve quand j'en ai fait la remarque.

Je soupçonnais l'existence d'un ampli caché sous les machines à sous tellement on entendait le son cristallin des cascades de monnaie. Nous nous promenions entre des tables entourées de visages concentrés, certains tendus comme des condamnés, d'autres bouffis d'alcool, d'autres pleins de tics. J'ai très vite été mal à l'aise, mais j'ai quand même suivi mes amis jusqu'à une table de black jack. Nous avons joué un peu, puis nous nous sommes déplacés vers les machines qui nous ont mangé très rapidement ce qui restait de nos budgets respectifs. Après avoir perdu son dernier dollar, Manon a fait la moue.

— C'est pas super, le casino. À part perdre des sous, il se passe pas grand-chose… En plus les *drinks* sont chers…

Steve a renchéri, et moi aussi j'étais d'accord. Puis Manon a proposé que nous allions poursuivre notre soirée dans leur roulotte.

— On a un jeu de cartes, me semble. Pis un fond de Jack Daniel's… On aurait plus de plaisir, je pense. Ça te tenterait-tu ?

Bien sûr que ça me tentait. J'avais bu deux martinis hors de prix, alors un verre de whisky gratuit en bonne compagnie me paraissait une suite logique. Nous avons quitté ce cimetière des âmes pour retourner au camping où la nuit avait recouvert de violet les silhouettes des multiples déclinaisons de la roulotte. De la musique nous parvenait du grand chapiteau. Cela sonnait comme du Johnny Cash, mais sans Johnny. Devant un certain nombre de caravanes des gens étaient installés, certains devant un petit feu de camp, plusieurs avec guitares et harmo-nicas. Les rires, les voix, les musiques, parfois un hennissement ou un ébrouement, l'odeur de la paille et du crottin, tout se mêlait pour créer cette atmosphère si particulière aux festivals country. La lune en croissant, dans le ciel qui surplombait le fleuve, en bas de la colline où nous nous trouvions, m'a donné envie de fredonner : « Que la lune est belle ce soir… » Ce que j'ai fait, accompagnée très vite par mes deux amis. Cette ambiance un peu magique a sûrement un peu participé à ce qui a suivi…

La roulotte de Manon et Steve était en fait un très gros motorisé, si luxueux que je n'ai pu m'empêcher de leur jeter un regard étonné. Ce n'était pas le genre de véhicule auquel je me serais attendue pour de simples artisans. Ils ont souri, complices.

— Viens, entre, a dit Manon. On fait pas juste ça dans la vie, tu sais, des boucles de ceinture pis des bijoux. C'est plutôt un passe-temps. On travaille tous les deux dans le domaine minier… on a des bons salaires. Notre maison est bien ordinaire : tous nos sous passent dans le véhicule, pis le métal, pis ce qu'il faut pour le travailler. L'argent des ventes paye les emplacements durant la saison. Comme ça, on passe nos étés à vivre comme des bohémiens, comme on aime, presque toujours dehors, à rencontrer toutes sortes de gens, à faire des expériences... Des fois on descend en Floride pour les fêtes, mais pas souvent... Ce qu'on aime, c'est vraiment faire les festivals, l'été. Pis plein de belles rencontres.

Pendant que Manon me résumait son style de vie, nous étions entrés. Steve nous servait des verres. Le jeu de cartes se trouvait sur une petite étagère surmontant la table amovible. Le confort de ces véhicules m'étonne encore aujourd'hui, mais ce soir-là, c'était la première fois que j'en visitais un si bien conçu. Tout était maximisé, pas un seul centimètre cube n'était perdu. Les sièges étaient moelleux, le décor aux couleurs vives invitait à la légèreté. Steve s'est mis à brasser les cartes.

— Un petit poker ordinaire pour commencer ? Pas de frime, une donne ?

— On mise combien ? ai-je demandé. Sérieusement, je suis pas sûre d'avoir envie de jouer à l'argent...

J'étais un peu mal à l'aise : je n'avais plus d'argent liquide sur moi. Et de toute façon, même si j'en avais eu, je ne pouvais pas me permettre de perdre au jeu plus que ce que j'avais misé au casino.

Steve a passé son bras autour des épaules de Manon qui m'a flatté le poignet en esquissant un sourire.

— Qu'est-ce que tu dirais d'un *strip-poker* ?

Prise de court, je les ai dévisagés tour à tour. Ils ne riaient pas. Leurs visages bienveillants étaient parfaitement sérieux. Le *strip-poker* ? N'était-ce pas un jeu d'adolescents ? La main de Manon a remonté jusqu'à mon épaule puis est venue chatouiller mon cou.

— Dis oui… C'est juste pour le fun…

Je n'ai jamais été très bonne aux cartes. La stratégie et moi, ça fait deux. J'ai perdu la première main, puis la seconde. Mon t-shirt et mes sandales sont partis. Ensuite, c'est Manon qui a perdu sa camisole et Steve sa chemise. Puis je me suis retrouvée en sous-vêtements, puis les seins nus. Il ne me restait plus que ma petite culotte alors que mes deux comparses n'avaient encore perdu qu'un morceau de linge. Cependant, le Jack Daniel's aidant, je n'étais nullement gênée. Je te l'ai souvent dit : cet été-là je me sentais pour la première fois de ma vie parfaitement bien dans ma peau avec le corps que j'avais.

Steve essayait encore de bluffer. Manon, affectée par le whisky, riait pour rien et ne s'occupait plus de ses cartes. Moi, je sentais les regards de mes compagnons se teinter d'un intérêt autre que le seul plaisir de ma présence. Je comprenais que l'invitation à jouer aux cartes cachait une intention particulière. Il était encore temps de m'excuser et de m'en aller. Mais… mais j'avais bien envie de voir jusqu'où irait la partie. Ma décision prise, je me suis détendue, ce qu'a dû sentir Manon qui a de nouveau posé sa main sur mon bras, son index caressant la saignée de mon coude.

— T'as des beaux seins, tu sais.

Sa phrase m'a rappelé une réplique de film, mais je ne me souvenais plus lequel. J'ai remercié et, après une bonne respiration, en essayant d'avoir l'air naturel, je me suis lancée.

— Puis toi ? Tu veux pas les montrer, tes seins ?

Comme si elle n'attendait que ça, elle a tourné son dos vers Steve qui a détaché son soutien-gorge, libérant deux petits seins aux aréoles roses. Manon avait les cheveux foncés et le teint très pâle, avec de nombreux grains de beauté foncés. Mince sans être maigre, elle faisait penser à un dessert vanille-chocolat… J'ai eu envie de la goûter. Je suis venue la rejoindre sur sa banquette et j'ai touché du bout du doigt un de ses mamelons qui s'est durci immédiatement. Steve s'est levé pour enlever son jean et remettre de la musique. La voix de Willie Nelson, avec son velours particulier, a envahi l'espace. J'ai penché la tête pour lécher la petite meringue rose qui pointait après la caresse de mon doigt. Manon a échappé un gémissement et m'a enlacée. Steve, debout près de la table, nous regardait, son verre à la main. Manon a fourré son visage dans mes cheveux tandis que je continuais à lécher son mamelon, que je roulais comme un bonbon sur ma langue. C'était complètement nouveau comme sensation mais j'adorais cela. La jeune femme a murmuré, dans mes cheveux :

— As-tu envie qu'on fasse l'amour ?

Si j'avais envie ? Mon sexe me le disait en morse.

— Tous les trois ?

Steve ne parlait pas, mais un coup d'œil à son caleçon m'a fourni la réponse. Une seconde plus tard, j'envoyais valser toutes mes réticences.

Manon s'est levée pour m'entraîner vers le fond du motorisé, qui était constitué d'une alcôve contenant un très grand lit. Ils ont fini de se déshabiller. J'étais résolue à laisser les choses aller comme elles iraient, à m'ouvrir à tout. De toute façon, j'étais absolument certaine de pouvoir m'en aller quand je le voudrais. Je n'avais pas peur, j'étais seulement un peu fébrile. Manon m'a fait étendre sur le dos puis, passant les doigts sur mes seins, mon ventre, le haut de mes cuisses, elle m'a dit, comme si elle m'avait entendue penser :

— C'est la première fois pour toi, hein ? On arrête quand tu veux. Si tu veux qu'on arrête, tu dis : stop. T'es pas obligée de faire quoi que ce soit que t'as pas envie de faire. OK ?

J'ai acquiescé d'un mouvement de tête. Son index était en train de se frayer un chemin entre mes grandes lèvres. Elle a poursuivi.

— Si c'est correct pour toi, Steve va nous regarder un peu pour commencer. OK ?

Nouveau hochement de tête. Je n'avais plus envie de parler. Le doigt de Manon avait investi mon sexe que je sentais déjà très humide. Steve s'est assis au coin du lit et s'est mis à caresser les fesses de sa compagne. Celle-ci, sans cesser de faire bouger son doigt dans mon sexe, s'est mise à m'embrasser. J'ai répondu à son baiser, bien sûr, mais bientôt elle a quitté ma bouche pour mes seins, puis mon ventre, laissant sa langue s'attarder dans mon nombril. Je me sentais déjà partir quand elle a retiré son doigt à la demande de Steve. Il lui a ordonné de me lécher, ce à quoi elle a obéi en se plaçant à genoux entre mes cuisses. Elle s'est penchée vers moi et j'ai vu Steve se placer derrière elle tandis que je sentais la langue de mon amie glisser dans ma fente. Son amoureux ne la pénétrait pas, il se contentait de la caresser avec ses doigts, tout en l'encourageant à me faire jouir. Lui et moi, nous nous regardions. J'avais l'impression qu'il me tenait par les yeux. Elle gémissait et grognait pendant que mon corps était emporté par des vagues de plaisir de plus en plus puissantes. À un moment donné, j'ai entendu la voix de Manon, supplier, à travers les bruits de succion :

— Prends-moi…

Et Steve répondre, d'une voix un peu dure :

— Fais-la jouir si tu veux que je t'enfile, ma belle.

Manon a redoublé d'ardeur. Et moi, évidemment, je suis partie, prise d'un orgasme violent. Au moment le plus intense de mon plaisir, Steve, qui ne m'avait pas quittée du regard, a fait pénétrer son sexe dans celui de Manon, qui a crié.

Je ne sais plus jusqu'à quelle heure je suis restée avec eux. Nous avons poursuivi nos jeux après une période de repos, et cette fois c'est moi qui ai pris la place de Manon. Puis nous nous sommes toutes les deux ensemble occupées de Steve. Peu avant l'aube, j'ai rejoint ma Caravan, où j'ai dormi quelques heures d'un sommeil de plomb avant d'être réveillée par le bip de mon cellulaire, qui me servait de réveil. Ouf. La journée serait longue. Mais j'étais de bonne humeur, oh oui. Décidément, j'aimais ma nouvelle vie.

❖

Les estrades étaient pleines à craquer pour l'exhibition du Grand Gyzyl. Manifestement, tu étais connu. La foule enthousiaste scandait ton nom et celui de ton cheval dans les dernières minutes précédant votre entrée dans l'arène. Le soleil tapait fort, je bénissais mon chapeau.

Shania Twain tonitruait par les haut-parleurs. L'ambiance était électrique. Lorsqu'ils ont envoyé le veau, plutôt un gros bouvillon, la foule s'est levée pour crier et applaudir. La pauvre bête m'a fait pitié. J'ai souhaité que tout se passe très vite. Et, en effet, tout est allé très vite. La porte du corral s'est ouverte et tu es entré, décuplant les hurlements de la foule. Tu chevauchais ta monture magique, au petit trot, droit comme un i. L'allure de Yyldyz était tellement souple que tu ne semblais même pas la subir. Vous faisiez âme ensemble, je le sais maintenant. Vous avez fait le tour de l'arène comme ça, saluant la foule qui ponctuait ses applaudissements de « hi haaaaaa » et de « yahooooo » bien sentis. Quand vous êtes arrivés à ma hauteur, nos regards se sont croisés. Est-ce que tu as porté la main à ton couvre-chef, en une manière de salut discret ? Encore aujourd'hui, je ne saurais le dire avec certitude. Tu m'as toujours dit que oui, que c'est à cette minute-là que tu m'as vue, reconnue. Mon cœur a eu un soubresaut. Même Yyldyz avait capté cette connexion : j'ai senti, l'espace d'une seconde, son regard sur moi. Je n'ai jamais été sa rivale, et pourtant je sais qu'une partie de lui a eu du chagrin que ton cœur soit désormais partagé entre nous deux.

La voix dans le haut-parleur a donné le signal du départ. Tu as bien pris ton temps pour approcher du veau, mais les gestes dans ce genre de choses doivent être précis et extrêmement rapides pour ne pas faire mal aux bêtes. Tu as laissé Yyldyz s'approcher de la proie puis, à la grande joie des spectateurs, tu t'es laissé lentement glisser, ta monture allant toujours au galop, jusqu'à te retrouver à l'horizontale, perpendiculaire au sol, tenant au cheval seulement par les cuisses. Puis tu as prestement attrapé le veau par les pattes et l'as fait basculer avant de te dégager pour te retrouver debout à côté de la bête, que tu as maintenue quelques secondes au sol avant de la laisser aller. Pendant ce temps, Yyldyz poursuivait un tour d'arène, comme s'il paradait – et je crois que c'est réellement ce qu'il faisait, fier de lui-même et de son cavalier. Une fois le tour terminé, il est revenu vers toi. D'un bond, tu es allé te percher debout sur le tapis multicolore qui couvrait son dos et, tandis que le clown de rodéo s'occupait de ramener le veau dans le corral, le Grand Gyzyl et Yyldyz, l'étoile de la steppe, ont donné un spectacle d'acrobaties à couper le souffle. Vous étiez tellement beaux tous les deux que j'en étais émue. Ta chevelure de cuivre semblait s'allier avec la robe d'or du cheval pour composer une espèce de sculpture précieuse, de celles que l'on trouve dans les tombeaux oubliés des rois fabuleux. La femme à ma gauche m'a glissé à l'oreille, alors que je m'étais levée pour applaudir comme les autres :

— Il est extraordinaire, hein ? Dans les compétitions de gymkhana, il gagne tout le temps. Son cheval est directement connecté à son cerveau, on dirait. Il pense de quoi, son cheval le fait. Pis ç'a jamais l'air forçant. J'ai jamais vu un cavalier comme ça.

C'était terminé. La compétition de barils allait commencer. Je ne pouvais pas rester là tout l'après-midi, évidemment. Manon gardait ma boutique, mais elle ne pouvait pas s'occuper des clients à ma place. Il fallait bien que j'aille la relever.

Manon qui, en compagnie de son amoureux, parcourait la province tout l'été en quête de plaisir, et qui en trouvait. Comme cela semblait être le cas pour moi aussi, dorénavant. Et je ne m'en plaignais pas.

JE SUIS ALLÉE VOIR KOUIROUK ce matin. Il va
bien. Physiquement du moins. Le petit voisin,
que j'ai engagé quand tu es entré à l'hôpital,
s'en occupe comme il faut. Mais il m'a paru
triste. Tu sais, le regard vide, l'encolure basse.
Je me suis approchée pour le caresser, il a
bronché doucement avant de me tendre son
museau, les yeux clignotants. Mais sans joie,
seulement une manifestation d'amitié, tu vois.
Tu lui manques, mon amour. Il ne comprend
pas, lui, que son vieux copain des vingt-quatre
dernières années a subi lors de cette chute des
blessures mortelles. Il est âgé lui aussi. Ne t'en
fais pas. On respectera ton vœu d'enfouir ses
cendres avec les tiennes, comme font tes frères
turkmènes avec leurs frères chevaux. Celles de
Yyldyz aussi, que nous gardons depuis tout
ce temps.

Que nous avons aimé ces bêtes. Je me souviens lorsque tu as décidé de faire accoupler
Yyldyz. Tu voulais assurer sa descendance,
avec un fils de lui, comme tu disais. Peut-
être fonder une lignée, ici, dans notre pays du
nord. Nous avons trouvé un élevage d'Akhal

Teke en Ontario et nous y avons acheté une pouliche dont le lignage te satisfaisait. Il n'était pas question de brouiller la pureté de cette race vieille de cinq mille ans. Une race de rois, disais-tu. Et de reines. La pouliche, nommée Guinevere, portait bien son nom de princesse celte. Avec sa robe crème et ses yeux bleus, ses crins blancs soyeux, elle avait l'air d'une apparition sortie d'une forêt enchantée. Elle est venue rejoindre dans notre écurie Yyldyz et Patchouli, la petite canadienne pie que j'avais achetée l'automne suivant notre rencontre. Ma jument rustique a pris sous son aile la pouliche qui, de son côté, a dû déployer des trésors de charme pour gagner la sympathie du fier Yyldyz. Mais la petite fée Guinevere a fini par ensorceler l'étoile de la steppe…

Tu te rappelles, mon cœur, de ce moment émouvant ? La première saillie… Notre pouliche, alors âgée de trois ans et demi, avait passé presque un an avec nous, et des liens s'étaient tissés avec le grand mâle doré. Nous les avons laissés s'approcher l'un de l'autre, sans entrave, sans attaches, libres dans l'enclos. Nous nous tenions de l'autre côté de la barrière, avec la douce Patchouli qui renâclait un peu. Guinevere, en chaleur, montrait sa croupe en hennissant doucement. Dès que Yyldyz a senti les effluves de la femelle, il s'est mis à piaffer et à s'ébrouer, approchant

ses naseaux grands ouverts, reculant, avan-
çant. Petit à petit nous avons vu apparaître le
membre du mâle, d'abord timide, puis de plus
en plus grand et raide à mesure que Yyldyz
s'enivrait du parfum d'amour de sa promise.
Il levait son museau en l'air, les lèvres retrous-
sées, comme s'il s'était gargarisé d'odeurs.
Ce manège a duré quelques minutes, puis le
grand mâle s'est redressé en hennissant pour
se jeter sur la pouliche qui, immobile, avait
relevé la queue. Le long sexe rose et luisant,
sorti de sa gaine veloutée, a pénétré sans difficulté dans le sexe de la femelle. Elle a levé
la tête en jetant un hennissement si émouvant
que nos mains se sont saisies l'une de l'autre.
Ils sont restés immobiles un petit instant, puis
les muscles fessiers de Yyldyz, lents et puis-
sants, se sont mis en mouvement. Ta main
serrait la mienne. Yyldyz mordait l'encolure
de Guinevere, ses sabots arrière frappaient
durement le sol, il poussait, poussait son sexe
en elle, de plus en plus violemment. Il émet-
tait des espèces de grognements tandis qu'elle
continuait de hennir. Enfin la délivrance est
venue, il s'est retiré, c'était fini. Guinevere est
demeurée un instant sur place, frémissante,
puis elle a caracolé jusqu'à son amoureux
dont elle a caressé doucement l'encolure du
bout des naseaux. Tu as serré ma main encore
plus fort.

— Viens, as-tu murmuré.

Tu m'as entraînée dans l'écurie. Je savais ce que tu voulais, je le voulais aussi, j'étais prête, cette scène m'avait excitée au plus haut point. J'ai enlevé mon jean pendant que tu déboutonnais le tien, nos yeux ne se quittaient pas, nos souffles étaient haletants. Quand ton sexe a jailli à l'air libre, vibrant de désir, je me suis tournée vers le mur et j'ai dit, à mon tour :

— Viens.

Tu m'as mordue au cou toi aussi en me pénétrant. Ta main est venue chercher mon bouton d'amour et tu m'as besognée, fort, en me caressant, fort, et en me mordant toujours, fort. Je me suis mise à crier, je te sentais grossir encore en moi, nous étions maîtres du monde dans notre amour triomphant. Ô mon amour, quel souvenir grisant encore ! Mon corps s'affole chaque fois que la mémoire m'en revient.

Nous n'avons jamais su si c'était lors de cette première saillie que Kouirouk avait été conçu. Il y a eu d'autres accouplements par la suite. Mais, un an plus tard, nous avions parmi nous un gentil poulain à la robe isabelle, dont les reflets métalliques se sont accentués au fil du temps et des soins que tu lui as prodigués, l'enveloppant chaque jour et chaque nuit de couvertures de feutre à la manière turkmène, et le nourrissant de bouillie d'avoine et d'œufs. Lorsque Yyldyz est parti, à l'âge (vénérable pour un Akhal

Teke) de vingt-six ans, Kouirouk a pris la relève et t'a voué une loyauté fraternelle inébranlable jusqu'à la fin. Jusqu'à ce que tu te retrouves ici. Il a l'air si perdu, le pauvre vieux. Il n'en a plus pour longtemps lui non plus, je crois. Vous vous retrouverez de l'autre côté, mon prince des steppes : toi, Yyldyz et Kouirouk. Je viendrai vous rejoindre à mon heure. Cela me fait penser à cette histoire que tu m'as déjà récitée, une espèce de poème que tu avais pigé je ne sais où… Attends que je mc rappelle… Oui…

À l'église, je m'approchai de l'autel un
jour
Et je demandai à Dieu : « Mon Sauveur,
y a-t-il, au paradis, des chevaux ?
Sans aucun doute les meilleurs moments
de ma vie je les ai passés en selle
Cela peut paraître étrange à certaines
gens
Mais il n'y a rien de meilleur au monde
qu'un galop effréné
Le puissant rythme à trois temps des sabots,
le vent fou, la distance vers l'horizon
Il se peut que nous ne choisissions pas la
destinée qui nous est impartie
Mais pardonne-moi, Seigneur, je n'ai nul
besoin de ton paradis s'il ne s'y trouve pas
de chevaux. »

Il y en a, mon amour. Il y en a des chevaux, au paradis. N'aie pas peur. J'en suis sûre.

ALICE A TÉLÉPHONÉ à la maison, hier soir. Elle
est en visite au pays avec sa jeune femme et
leur petit garçon et souhaitait qu'on se voie.
Tu te doutes bien que j'ai dit la vérité. Que
ce n'est pas possible. Que ce ne le sera plus.
Que tu te meurs à soixante et un ans d'une
chute de cheval. Que le dernier mot intelli-
gible que tu as prononcé est : « Personne. »
Elle a compris, bien sûr. Alice, la douce, elle
comprend ces choses. Je crois qu'elle a une
belle vie à San Francisco. Elle a formé un
groupe avec sa femme et deux amis, ils jouent
ce qu'elle appelle de l'*acid folk* – d'ailleurs,
elle m'a envoyé par courriel une version
échevelée de *Country Roads*, qui donne plus
envie de monter dans un F-18 que de rouler
sur des routes de campagne… Elle a trouvé
cette appréciation assez drôle. Mais elle a
pleuré au téléphone quand je lui ai raconté
cette absurde embardée de notre beau Kouirouk, pourtant si calme. Je montais la vieille
Guinevere toute percluse de boiterie, nous
allions au pas, les bêtes paraissaient totale-
ment sereines, juste attentives aux parfums

de l'automne, aux appels des outardes qui passaient au-dessus de nous, en route vers le Mexique. Nous bavardions tranquillement, tu me faisais part de ton désir d'acquérir un autre cheval, maintenant que Guinevere s'en va vers sa fin, de notre projet d'ouvrir l'écurie à plus d'animaux vieillissants, d'en faire une vraie maison de retraite pour chevaux. Et tu avais bien raison d'y songer, nous avons tout ce qu'il faut chez nous pour leur donner une belle fin de vie. Mais voilà qu'une perdrix, un coq, a surgi du sous-bois dans un battement d'ailes frénétique, effrayant Kouirouk qui a poussé une espèce de hurlement de terreur en se cabrant tellement fort qu'il a perdu l'équilibre après t'avoir désarçonné. Et il t'est tombé dessus. Ses efforts pour se relever ont fini d'écraser ton thorax et de te broyer le bassin. Tu ne m'as pas quittée des yeux tandis que je sautais par terre pour courir vers toi en hurlant ton nom. Je me suis agenouillée, je bafouillais, la bouche pleine de larmes, je te racontais qu'on allait te sortir de là, mais je savais, je savais qu'il n'y avait rien à faire. Je caressais ton beau front, cette peau cuivrée que j'ai tant aimée et qui te venait de ton grand-père maternel, un Mohawk d'Akwesasne, ces cheveux qui n'étaient plus roux maintenant, je promenais ma main sur tes joues, ton cou, mon amour, mon amour, je n'arrêtais pas de répéter mon amour, et je sais que tu m'entendais, je le sais, même après que tu as fermé les yeux, même après qu'ils t'ont emporté, je criais mon amour, et tu m'entendais. C'est le petit voisin, en train de curer l'écurie, étonné de voir les chevaux revenir tout seuls, qui est venu voir et qui est allé appeler les secours.

Voilà, c'est arrivé il y a une semaine et tu n'as pas repris connaissance, et je suis là à te raconter toutes ces histoires en sachant très bien que je ne t'entendrai plus me dire les tiennes. Alice sanglotait tant que nous avons dû raccrocher le téléphone. Elle t'envoie toute son affection, et « des gros becs de lesbienne », comme elle dit. Elle t'a toujours beaucoup aimé, Alice. Même si tu es venu me « voler » à elle… Ah, cela te faisait bien sourire quand elle te le reprochait gentiment. C'est vrai que j'ai sérieusement cru que je pourrais vivre une histoire d'amour avec une femme, avec elle… Mais ça, c'était avant que nous nous rencontrions pour de vrai, tous les deux. Je ne savais pas que tu m'épiais déjà, comme je le faisais pour toi. Que tu me regardais de loin, que mon petit corps vaillant, comme tu disais, te fascinait, que tu avais une folle envie déjà de toucher mes fesses, mes seins, mon ventre, d'embrasser les gouttes de sueur qui se formaient sur mon front tandis que je ferrais un cheval, son pied bien serré entre mes cuisses. Tu aimais déjà ma douceur et ma patience, et ma façon de toucher les flancs de mon client, pour le mettre en confiance, avant de commencer à travailler. Nous avons été amoureux l'un de l'autre en secret pendant un petit bout avant de nous unir, quand même, c'est vrai.

Mais Alice a toujours une place spéciale dans mon cœur. J'avoue que je ne pensais pas la revoir après la façon abrupte dont je l'avais congédiée le premier soir. À cause de toi, mon prince des steppes, toi qui m'es apparu comme un esprit du vent dans le brouillard du soir, tandis que je m'abandonnais à un délicieux baiser, un baiser de femme. Le baiser d'Alice.

Ce n'est pas comme un baiser d'homme. Il n'y a pas de barbe, pas ce poids dur d'un corps qui veut pénétrer le corps de l'autre. Il y a le moelleux des seins, le soyeux des cheveux et la petite langue qui glisse sur la tienne… Malgré ton image qui me hantait, et malgré les autres aventures qui ont peuplé cet été-là, j'y ai repensé souvent, à ce baiser. C'est pourquoi, lorsque, quelque temps plus tard, j'ai vu l'affiche de son spectacle sur le programme d'un festival, j'ai décidé d'aller l'attendre à la sortie. Pour lui expliquer ce qui s'était passé, d'abord. Prendre un verre, parler. Et puis… et puis, ce baiser m'avait laissé un goût de « revenez-y ». Après l'expérience avec Manon et Steve, en plus, j'avais envie de refaire l'amour avec une femme, pour de vrai. Je ne me faisais pas trop d'illusions, mais je suis allée quand même assister à la prestation, la même que la première fois, en mieux : Alice avait rodé son spectacle. Elle m'a repérée tout de suite, j'ai levé mon verre et elle m'a fait un imperceptible signe de tête. Comme la fois précédente, elle a terminé sur *Wash Me Clean*, les yeux dans les miens.

Nous nous sommes rejointes au bar. Je lui ai offert une bière et lui ai présenté mes excuses. Le malaise qui accompagne toujours un certain genre de première fois, le mystérieux cavalier qui sort de la brume, mes tentatives pour la retrouver le lendemain, je lui ai tout dit. Et, à ma grande surprise, elle ne m'en voulait pas du tout. Au contraire, elle comprenait parfaitement.

— C'est sûr, a-t-elle ajouté, effleurant ma gorge du bout d'un index, que j'étais déçue… j'avais vraiment envie de te goûter le reste du corps…

J'ai saisi son doigt et l'ai porté à ma bouche pour le mordiller avant de répondre :

— Moi aussi, j'ai envie de goûter le reste.

Nous n'avons pas fini nos verres et sommes parties, presque en courant, vers le camping. Avant d'entrer dans ma Caravan, nous avions déjà détaché nos jeans en chemin, à la faveur de quelques arrêts dans des buissons accueillants. La porte refermée à moitié, nous avons basculé sur la couchette, les mains dans les vêtements l'une de l'autre, nos dents s'entrechoquant tellement nous étions affamées. Alice a prestement enlevé ses vêtements, j'ai fait de même. Une fois nues, nous nous sommes contemplées un instant. Mon amante avait la peau laiteuse et des petits seins aux larges aréoles roses couronnées d'un mamelon agressif. Son ventre se soulevait et s'abaissait rapidement sous l'effet du désir. Elle a ouvert les cuisses et je me suis empressée de répondre à l'invitation en me penchant vers son offrande pour y enfouir mon visage. Ma langue a glissé sur le sexe à l'odeur poivrée jusqu'à ce qu'elle trouve le clitoris, tout durci. Je l'ai saisi entre mes lèvres et j'ai posé le bout de ma langue dessus, sans appuyer. Alice a gémi, ouvrant un peu plus les cuisses. J'ai remonté une main jusque sur son sein droit, dont la pointe frémissait, puis j'ai entrepris une douce succion du petit membre, tout en roulant la pointe du sein entre mes doigts. Je refaisais quelque chose que m'avait fait Manon et qui m'avait beaucoup fait jouir. Et, de fait, je n'ai pas tardé à sentir dans ma main gauche, qui se trouvait sous les fesses de ma compagne, des tremblements de plus en plus violents. L'orgasme l'a envahie comme un tsunami, en plusieurs vagues remontant du bassin jusqu'au visage. Elle ne criait pas, elle gémissait d'une voix sourde, toute l'énergie du plaisir passait dans ces tremblements intenses qui ressemblaient presque à des convulsions. Je suis venue poser ma tête près de la sienne et nous avons continué de nous embrasser. Elle aimait le goût de son sexe dans ma bouche. Soudain, elle s'est appuyée sur un coude et m'a regardée, l'œil inquisiteur.

— Tu as déjà éjaculé, toi ?

Je me suis mise à rire. Moi ? Éjaculer ? Ce sont les hommes qui éjaculent… Elle a pris un air énigmatique.

— Eh ! non, ma belle. Pas juste les hommes. Tu veux que je te montre ?

Bien sûr que je voulais. Elle est venue se mettre face à mon ventre en me murmurant de me laisser aller, de la laisser faire. J'ai fermé les yeux. J'ai senti ses doigts se promener, tout en légèreté, autour de mon sexe, à l'intérieur de mes cuisses, sur la pomme des fesses. La sensation était délicieuse. Puis elle a posé une main sur le bas de mon ventre, à la hauteur du vagin, et a fait pénétrer deux de ses doigts à l'intérieur de mon sexe. Au lieu de les faire aller et venir, comme je m'y attendais, elle est allée les appuyer en haut, près de l'ouverture, et a entamé un mouvement circulaire, quasiment vibratoire, en appuyant fort, à l'intérieur comme à l'extérieur. Je ne peux dire exactement combien de temps cela a pu prendre, mais en pas plus d'une minute, peut-être deux, je te le jure encore mon amour, j'ai été emportée par un plaisir extrêmement violent. En même temps que je criais, j'ai senti un liquide chaud, abondant, jaillir de moi pour éclabousser mes cuisses, mon ventre, le sac de couchage. Mon Dieu! J'ai cru que j'urinais! J'ai éprouvé une honte folle, le temps d'une seconde, mais Alice m'a rassurée tout de suite avec un rire doux…

— Tu vois, ma belle. C'est ça, l'éjaculation féminine. T'inquiète pas, c'est pas du pipi. C'est un genre de liquide qui contient des hormones… un peu comme un liquide séminal… C'est une glande qui produit ça.

J'étais ébahie. J'avais bien sûr entendu vaguement parler des femmes fontaines, mais je croyais qu'il s'agissait d'une invention de pornographes pour vendre de la copie. Je n'aurais jamais cru que cela puisse être vrai. Et bien sûr nous avons eu, toi et moi, bien des occasions de le vérifier par la suite. Tu as toujours été amusé à l'évocation de ma surprise de ce soir-là, d'ailleurs.

Alice a dormi avec moi cette nuit-là. Après d'autres ébats encore, d'autres découvertes, le matin nous a trouvées les jambes emmêlées. Nous avons passé le reste du festival ensemble, nous rejoignant après l'heure de clôture dans ma Caravan ou dans sa tente-roulotte. Puis nous nous sommes quittées. Je me sentais amoureuse, j'avais envie de la revoir. C'était réciproque. Mais nous devions nous trouver dans des régions différentes pour les trois semaines suivantes. Nous

nous sommes quittées en nous promettant de nous revoir le plus vite possible. Il y a eu des larmes, des baisers mouillés. Et puis… et puis, il y a eu toi.

Je sais que tu ne te réveilleras pas. Tu es venu comme un rêve et tu repars au pays des songes, les yeux fermés sur un paysage qui n'appartient qu'à toi. J'imagine des herbes hautes sous un ciel trop grand, le vent qui perce la peau. La cadence des sabots de dizaines de cavaliers portant le tchapane rouge et le bonnet d'astrakan. Je suis là, ta main dans la mienne, et je te regarde rêver dans ton éternité commencée sans moi.

C'est drôle, malgré l'odeur aigre qui règne sur cet étage de moribonds, je peux encore percevoir sur ta peau, pourtant maintes fois frottée par les infirmières, ton parfum. *Fahrenheit Absolute*, de Dior. Myrrhe, encens et bois de oud. Un parfum sauvage. Comme le pays qui t'a vu renaître et dont tu n'as jamais pu retourner fouler le sol après qu'on t'a ramené ici. J'ai tant aimé suivre les chemins qu'il me proposait, ce parfum, ces sentiers d'amour que je traçais sur tout ton corps, avec ma langue, mes lèvres, mes doigts. Je te respirais comme on reprend l'air après une longue plongée, avec délices. Ton odeur suffisait à me faire mouiller, tu te rappelles ? Cela te faisait un effet… Je te disais : « Regarde, je mouille juste à te sentir… » Et tu plongeais ta main dans ma culotte, et tes doigts fouillaient entre mes lèvres pour y trouver la cyprine, abondante et poivrée, que tu aimais laper à la source. Oh, mon chéri, comme on est peu de chose. Tu vas partir maintenant, et je vais redevenir toute seule, moi qui n'imaginais plus d'avoir même vécu dans un monde où je ne te savais pas. Et là je te sais sur terre, je te touche, j'entends ton souffle et pourtant tu n'es déjà plus là. Et je m'étonne de pouvoir respirer encore, de ne pas avoir le cœur broyé de ne plus entendre ta voix, de ne plus sentir cette main que tu posais sur ma hanche, près de la fesse, en ce geste si familier que je n'ai qu'à fermer les yeux pour éprouver la chaude pression de ta paume. Cela ne partira jamais, je le sais, et je crois que c'est ce qui m'empêche de mourir avec toi, ici et maintenant. Peu importe le temps qu'il me reste à vivre, il y aura dans ma peau cette mémoire de toi. Il y aura moi, l'âme tatouée de toi.

Mais c'est ton odeur, je crois, qui demeurera la plus prégnante. Je l'ai perçue en premier, ce soir-là, le soir de notre première vraie rencontre, avant même de te voir ou de t'entendre. Et tel le prince d'Orient que tu étais déjà à mes yeux, tu étais venu pour me sauver des griffes des méchants…

Paul et Georges. Deux frères, des gars de la petite ville où se déroulait ce festival, mi-trentaine. Durant la journée, ils avaient tourné autour de mon kiosque, posant mille questions sur mon travail. Au début j'ai été patiente, j'ai répondu gentiment, mais lorsqu'ils se sont mis à faire des blagues de mauvais goût sur la force de mon poignet, sur mon habileté à tenir des gros membres entre mes cuisses… je me suis fermée. Je les ai priés de me laisser continuer à travailler. J'avais un pauvre poney – tu sais ceux qu'on garde dans des enclos minuscules pour amuser les enfants durant les événements forains – avec un sérieux début de fourbure. Manifestement, ses sabots n'étaient pas entretenus régulièrement. Alors je me suis concentrée sur mon patient et, au bout d'un moment, ils sont partis en ricanant. La journée a été bien remplie et je me suis rendue, une fois mon ouvrage terminé, au petit saloon sous la tente dans l'idée de descendre une bonne bière très, très froide. Il avait fait vraiment chaud depuis deux jours. Je me sentais collante, mais il me fallait cette bière avant d'aller me doucher. Finalement j'en ai bu une, et deux, et trois… Des gens venaient me parler, me remercier pour leur cheval, s'informer sur mon travail, tout ça. Je te cherchais des yeux, parce que je t'avais vu sur le programme, mais sans trop croire que je pourrais t'apercevoir à cet endroit. J'ai pris plaisir à cette compagnie de bons camarades, et je me suis retrouvée un peu hébétée, toute seule à ma table, réalisant que je n'avais pas mangé et qu'il fallait que je me lave. Je suis partie en louvoyant vers le camping. J'avais fait à peu près deux cents mètres quand je les ai entendus. Par un étrange jeu du hasard, les lieux étaient déserts, alors que d'habitude il y avait un va-et-vient incessant entre le camping et le site du festival. Peut-être était-ce l'heure : tout le monde devait être en train de manger… En tout cas, tu te rappelles, il fallait passer dans ce terrain vague qui montait, avec des arbustes échevelés un peu partout. Le camping se trouvait de l'autre côté de la butte. Et il y avait cette espèce de creux encombré de scirpes et d'aulnes. J'ai entendu la voix du premier. Georges. Il avait manifestement consommé plus de bières que moi.

— Ah ben, ah ben, r'garde-moi donc ça la belle'tite croupe !

L'autre a rigolé. Ça l'a encouragé.

— Elle se promène, la ma'moiselle ? On peut-y faire un'tit boutt'avec elle ?

Je ne sais plus ce que j'ai répondu. Que c'était beau, que je préférais me rendre toute seule, sans doute. Ça ne leur a pas plu. Paul a pris une grosse voix de papa de dessin animé.

— Héééééééé, jeune fille, faut pas être méchante avec les messieurs comme ça !

On veut juste être gentils nous autres, hein Georges ?

— Ouais.

Ils marchaient maintenant de chaque côté de moi. J'essayais d'avoir l'air de m'en foutre, tu sais, je ne voulais pas qu'ils voient que j'avais peur. Que j'avais hâte d'être de l'autre côté de cette butte. D'être visible à partir du camping. Mais je n'ai pas eu le temps d'y arriver. Georges m'a entouré les épaules d'un bras faussement protecteur. Il sentait la sueur.

— Tu dois aimer ça, toi, les beaux étalons ?

— Ouais, les beaux étalons...

Ils m'ont poussée vers ce creux et basculée par terre. Je sentais les branches pointues des aulnes qui perçaient mes vêtements, grafignaient mon dos. Je ne sais plus lequel des deux me tenait pendant que l'autre entreprenait de détacher – d'arracher – les boutons de ma chemise d'été. J'ai réussi à desserrer mon larynx pour leur crier d'arrêter. Celui qui me tenait s'est penché vers mon oreille et a sifflé :

— On le sait que t'aimes ça, les beaux étalons. On le sait que t'es une petite cochonne. Tout le monde dit que tu baises avec n'importe qui, même avec des filles. C'est pas vrai ?

— Ouais, tout le monde le dit.

— Ça fait que, pourquoi on aurait pas un p'tit morceau du gâteau nous autres aussi, hein ?

— Ouais, pourquoi ?

Pardon ? Ils considéraient que ma vie sexuelle leur donnait le droit de me violer ? La rage a remplacé la peur. Je me suis mise à me débattre et à crier. Ce qui a eu pour effet de les stimuler.

— Wowowo, la p'tite jument, elle rue ! Tiens-y les pattes, m'as l'emmancher !

J'ai entendu un bruit de ceinture, des grognements, j'ai senti qu'on commençait à faire descendre mon jean puis… un étrange parfum est venu jusqu'à mes narines, un parfum où flottaient des arômes de bois et de cuir, et de musc et d'encens. Et puis ç'a été ce hennissement de rage, immense, et ce bruit de sabots en colère, et le cri de douleur de l'homme qui était en train d'essayer de faire entrer sa verge dans mon sexe. C'était Yyldyz. Yyldyz l'avait mordu. Et il continuait de le frapper de ses sabots et de donner des coups de dents. Mes deux agresseurs se sont enfuis et je t'ai vu, souverain, descendre prestement de ta monture pour venir m'aider à me relever. Tu ne portais pas ton tchapane, ni ton bonnet d'astrakan blanc. Tu étais comme tout le monde, vêtu d'un jean et d'une chemise. Sur ton visage, nulle trace de cette dureté que j'avais cru déceler la première fois. Que de la douceur. Et j'ai entendu ta voix. Basse, chaude, un peu voilée.

— Venez.

Je ne suis pas montée en croupe sur ton cheval doré, comme dans un conte. J'ai rajusté mes vêtements puis nous avons marché côte à côte, sans parler, jusqu'à ma Caravan. Yyldyz était redevenu calme, il soufflait doucement. Une fois assuré que je serais en sécurité, tu m'as tendu la main en disant :

— Philippe. Philippe O'Neil.

Je l'ai prise. Combien de temps sommes-nous restés, les mains emboîtées l'une dans l'autre, à nous regarder ? Je détaillais enfin ton visage, tes cheveux roux foncé, tes yeux noirs, ton teint cuivré. J'ai fini par m'ébrouer puis dire :

— Emma. Emma Rose.

Et, soudainement curieuse, j'ai ajouté :

— Gyzyl, c'est votre nom de scène ou quelque chose comme ça ?

Et j'ai vu ton sourire, avec les petits plis au coin des yeux.

— Gyzyl, c'est mon nom de cavalier. Ça veut dire « rouge ». À cause de mes cheveux.

— Rouge ? Dans quelle langue ?

— En turkmène. Bonsoir. Fermez bien votre porte.

Tu t'en allais déjà. L'ombre allait vous avaler, Yyldyz et toi, lorsque tout à coup je me suis souvenue d'être polie.

— Merci ! ai-je lancé.

Pour toute réponse, Yyldyz a bronché, assez fort. Et puis oui, après tout, c'était bien le grand cheval doré qui m'avait sauvée des griffes des méchants.

UNE COMPAGNIE DE SERVICES FUNÉRAIRES a
appelé, ce matin. Ils voulaient m'offrir un
forfait cercueil-cérémonie-crémation pour
toi. Comment ont-ils su, dis-moi ? Ils ont
une taupe dans l'hôpital ? Quelqu'un qui les
appelle pour dire : « On en a un qui va se faire
débrancher dans pas long » ? Les rapaces.
Comme si je ne savais pas assez que tu es en
train de mourir. Mais ne t'inquiète pas, de
toute façon. Nous ferons comme tu le souhaitais : ton corps sera brûlé et tes cendres seront
mêlées à celles de Yyldyz que tu as toujours
conservées. J'irai voir le colonel Blanchette,
ton ancien camarade, et je lui demanderai
de faire en sorte que le tout soit porté au
pied de l'Hindou Kouch, dans un petit village turkmène du nord de l'Afghanistan. J'ai
les noms des gens qui t'ont sauvé : ils feront
ensuite ce qu'ils voudront pour honorer ton
souvenir. Moi, c'est vivant que je t'ai aimé,
et c'est vivante que je garderai ta mémoire.
Ton souvenir vivra en Kouirouk, le fils de
Yyldyz, et en Viviane, sa fille, ainsi qu'en tous
leurs descendants. Nous avons fait naître une

lignée d'Akhal Teke dans notre pays, de beaux chevaux d'une race ancienne qui témoigne du long passé des peuples. Tu resteras vivant à travers ces bêtes lumineuses et fidèles.

Fidèles, oui. Je repense à ce que je t'ai raconté hier, et oui, c'est bel et bien Yyldyz qui avait fait fuir mes agresseurs ce soir-là. Et je l'ai vu plus d'une fois, par la suite, témoigner envers toi de cet esprit protecteur. Envers moi aussi. Mais c'était toi son frère humain. Il prenait soin de moi parce que tu m'aimais, tout simplement. Sans cela, je n'aurais été pour lui que poussière de sable. Comme il m'a toisée le lendemain, quand nous avons fait plus ample connaissance. Il m'a évaluée comme un maquignon l'aurait fait d'une jument. Tu te rappelles ?

J'étais en train de faire une démonstration de travail de forge quand j'ai vu Yyldyz approcher et, baissant un peu les yeux, toi à ses côtés. Tu m'as fait un signe de tête. J'ai terminé mes explications sur le fonctionnement de la forge au gaz, les outils, le travail avec l'enclume et le marteau, l'histoire de ce métier qui est l'un des plus vieux du monde, et encore exercé avec pratiquement les mêmes instruments, la même technique. Ce qui a changé surtout, c'est l'attention portée à la psychologie du cheval, et aussi le travail du fer à froid, que certains préfèrent. Et aussi, on travaille davantage les pieds des chevaux à nu. Je le fais encore plus maintenant… Mais dans l'ensemble, je faisais le même travail que j'aurais fait il y a cinq cents ans… sauf peut-être qu'à cette époque j'aurais dû être un homme pour le faire. Comme c'est le cas pour bon nombre de métiers, d'ailleurs.

Quand j'ai eu terminé, vous vous êtes approchés. Ton pas avait la timidité de celui d'un adolescent. Je ne te savais pas si jeune, à tout le moins du côté des relations amoureuses. Entré dans l'armée à dix-huit ans, envoyé sur le terrain très vite, tu as cherché le danger tant que tu as pu : en Bosnie, en Somalie, en Afrique de l'Ouest puis en Afghanistan. Ton mépris de toi-même, plus peut-être que celui des autres envers toi, t'a poussé à te porter volontaire pour les missions les plus périlleuses. Puis, par un matin clair de l'année 2006, on t'a laissé pour mort sur le bas-côté d'une piste reliant Mazãr-é-Chãrif à Malmana. Tu n'as jamais eu l'occasion d'être avec des femmes ensuite, durant les presque six ans que tu as passés avec les Turkmènes. Chez eux, les femmes demeurent invisibles aux hommes autres que ceux de leurs clans. Et avant… avant, tu étais trop timide pour approcher des filles. Tu m'as confié ce jour-là que l'armée t'était apparue comme une véritable planche de salut alors, comme un moyen, pour le garçon solitaire que tu étais, de devenir un homme, d'entrer dans un groupe, de faire partie de quelque chose. Mais ce n'est pas comme ça que ça s'est passé, n'est-ce pas ? Toi, le grand lunatique efflanqué, tu as continué d'être l'objet des « petites blagues » de ces nouveaux camarades, et même si tu as pu changer d'unité, cela t'a poursuivi, en pire. Comme une espèce de fatalité, depuis l'école… Tu n'as jamais su véritablement ce qui s'était passé. Mais comment ne pas soupçonner que les gars avaient cherché à se débarrasser de toi, qu'ils jugeaient plus encombrant qu'autre chose, puisqu'à leurs yeux tu n'étais bon qu'à recevoir leurs brimades ? Alors que tu avais en toi des richesses que les Turkmènes qui t'ont rescapé, eux, ont reconnues. Tout ce que tu as pu comprendre de ton aventure, c'est que ceux-ci t'avaient découvert inconscient dans un fossé, qu'ils ont vu des débris sur la piste – mais pas de trace de tes camarades, ni du véhicule où vous preniez place avant l'événement. Porté disparu pendant cinq ans et dix mois. Et durant ce temps où l'on avait perdu ta trace, tu as connu la véritable fraternité. Avec des étrangers. Des hommes pour qui l'honneur avait plus de prix que l'amour. Et les chevaux, plus de valeur encore que quoi que ce soit au monde. Plus que l'honneur lui-même. Et avec ces chevaux, avec Yyldyz surtout, tu as découvert la loyauté, la vraie, l'indéfectible.

Tu m'as confié tout ça cet après-midi-là, et aussi durant la soirée. Je te revois t'approcher du stand, je revois ton front baissé, tes yeux qui regardaient comiquement à côté quand tu m'as annoncé, presque tout bas, que Yyldyz et toi veniez voir si j'étais correcte. Oh, j'ai eu envie de le toucher, ton front, et aussi tes cheveux, ta joue où courait une petite barbe sombre parsemée de rouille. Au lieu de cela, j'ai tendu les doigts pour gratter le museau de ton ami, qui s'est laissé faire de bonne grâce. J'étais correcte, il n'y avait pas eu grand mal, mais je désirais t'offrir un verre pour te remercier de m'avoir porté secours. Tu as de nouveau porté ton regard vers le sol. Et sur le ton de quelqu'un qui avoue une faiblesse, tu as dit :

— Je bois pas d'alcool.

— Oh.

J'étais décontenancée. Mais tout de suite, tu as repris, et cette fois tes yeux sombres ont caressé les miens :

— Mais je bois du thé. Si vous voulez, je vais vous servir le thé comme j'ai appris à le faire là où j'ai rencontré Yyldyz. Je peux vous faire du riz aussi, une espèce de pilaf, on appelle ça du palaw. Et des kebabs. Si vous voulez. Je peux faire des kebabs si vous voulez.

Tu étais malhabile et attendrissant, et moi je ne demandais pas mieux que de goûter ton thé, ton riz, tes kebabs, ta bouche... Nous nous sommes rendus jusqu'à ta tente, que j'avais évidemment imaginée tout de suite comme dans les films avec ces cheiks des mille et une nuits : en soie rouge, couverte de tapis précieux, bardée de coussins, avec un samovar et un narguilé attendant dehors qu'un serviteur enturbanné serve les convives affalés sous l'auvent. Ma naïveté t'a fait sourire lorsque je t'ai expliqué ma déconvenue devant l'équipement de camping moderne et de bonne qualité qui te servait d'abri durant la saison des festivals. Le seul objet exotique qui se trouvait sous l'auvent de la tente était un samovar, très ouvragé, qui reposait sur une table pliante à côté d'un ensemble de verres à thé et d'un sucrier.

Nous avons bu ce thé à la menthe très chaud et très sucré, en parlant tranquillement. Cette première conversation, comme toutes celles qui ont suivi, a été ponctuée de longs silences dans lesquels je me suis sentie tout à fait à l'aise. Yyldyz broutait à côté de son box, libre. Jamais, m'as-tu expliqué, il ne lui serait venu à l'idée de fuguer. Il t'était lié par l'esprit, il n'avait pas besoin de longe. À nous raconter des bribes de nos vies, nous nous sommes rendu compte que tous les deux nous avions été sauvés par les chevaux. Tu m'as dit que les chevaux peuvent décider du destin des hommes, si on les laisse faire. Et nous avons eu pour la première fois ce regard complice qui nous est tant revenu par la suite. Je suis restée pour le riz et les kebabs. Nous avons bu encore du thé. Puis, alors que la lune était déjà haute, tu es venu me reconduire à ma Caravan. J'aurais tant voulu t'embrasser. Je sentais la vibration de ton désir, aussi fort que le mien. Mais tu t'es contenté de me faire une accolade fraternelle, gentille barrière que je ne me suis pas permis de franchir. Cependant, nos corps se sont touchés quelques secondes, nos poitrines et nos joues se sont jointes, et nous avons pu respirer l'odeur de l'autre. Ton parfum de cuir, de bois et d'épices m'est resté dans le cœur tandis que tu t'éloignais dans la nuit, le cheval d'or à tes côtés.

Une fois dans mon sac de couchage, j'ai laissé mes mains interpréter la partition que tes doigts à toi auraient pu jouer sur mon corps. Les yeux clos, j'ai imaginé tes lèvres puis tes dents sur ma gorge, le poids de ton corps, et puis tes paumes glissant sur mon cou et s'attardant sur la gorge avant de pétrir mes seins. J'en ai saisi une pointe dans chaque main et je les ai massées du bout des doigts. J'avais l'imagination enflammée, ton parfum rôdait encore dans mes narines. Quand mes doigts se sont enfin posés sur mon sexe, c'était comme si j'avais accueilli un amant dont je me serais languie trop longtemps. J'ai ouvert les cuisses et je me suis mise à murmurer des suppliques cochonnes, jouant de mes doigts comme avec une marionnette, mes mains te donnaient vie, c'était toi dans mon sexe, toi qui t'emparais de mon clitoris avec ta bouche, toi qui caressais ma toison et mes cuisses, toi qui pesais sur mon ventre, toi, toi, toi. J'ai joui en étouffant un cri. On se sent le besoin de plus de discrétion qu'à deux quand on fait l'amour toute seule. J'ai laissé ma main longtemps étalée sur mon sexe où battait un pouls violent qui ne s'est calmé qu'après de longues minutes.

Je ne savais pas si nous allions nous revoir, boire à nouveau le thé ensemble. Tout ce que je savais, mon amour, c'était que tout mon corps, tout mon esprit, tout mon cœur étaient tendus vers toi.

J'AI APPORTÉ CE QU'IL FAUT pour te raser. Toi qui n'as jamais trop aimé laisser aller ta barbe, te voilà bien négligé. J'espère que je ferai ça correctement. Tu sais, l'infirmière a paru trouver cela superflu que je pense à te raser. Elle a dit quelque chose comme : « Il ne s'en rendra jamais compte. » Et alors ? Et alors, si moi je m'en rends compte ? Si moi je sais ce qu'il te faut pour te sentir bien ? Je sais que tu aimes avoir le menton doux et sentir le propre. Alors voilà. Je m'installe avec la petite table roulante : l'eau très chaude – dans une bassine à vomi, mais ça fait l'affaire, non ? –, le savon à barbe, le blaireau, ton rasoir à l'ancienne… Viens là, que je te passe la serviette chaude. Pour un peu, j'entendrais le « Aaaaaaaah ! » bienheureux qui accompagnait toujours ce moment au temps… au temps où tu le faisais toi-même. J'aimerais tant que tu réagisses. Avoir la certitude que je te fais du bien. La caresse du blaireau plein de savon sur ta joue, dans ton cou, tu aimes ? Je passe la lame à la fois doucement et fermement, comme tu m'as appris à le faire.

Ah, nous avons eu du plaisir cette fois-là, la fois où tu m'as appris à me servir de ce rasoir. Tu te souviens ? Je te regardais souvent te raser, ton grand corps debout devant la glace de la salle de bains. Je te trouvais beau comme ça, vulnérable, flottant un peu dans ton caleçon, le petit ventre sorti, avec les poils follets qui couraient en ligne anarchique jusqu'à ton nombril. Souvent je ne pouvais pas résister à l'envie de venir me placer derrière toi, de poser mes mains à plat sur ton bas-ventre et de les glisser doucement sous le tissu pour aller saisir ton sexe paresseux, caresser en passant la douceur des bourses. J'embrassais ton dos, comptant les grains de beauté du bout des lèvres. Tu me souriais dans la glace, le visage couvert de savon, mon père Noël de toute la vie.

C'est ce que j'ai fait ce matin-là. Nous avions fait l'amour au réveil. « Monsieur Matin », comme tu disais, s'était réveillé avec une grande envie de son amoureuse. Tu t'étais jeté sur moi comme un affamé, et je m'étais ouverte tout de suite pour te recevoir. Toi, toi, toi, un rien suffisait, tu me touchais à peine, tu me regardais d'une certaine manière et j'étais prête, mouillée comme un coquillage à peine sorti de la mer. J'étais encore tout alanguie quand je t'ai trouvé en pleine séance de rasage. Je me suis glissée derrière toi pour accomplir le rituel familier, sachant très bien que mes doigts ne réveilleraient pas ton sexe, pas tout de suite. C'était juste pour le plaisir de passer ma main sur le doux renflement du bas-ventre, sentir le soyeux des poils, la douceur incomparable de la peau qui recouvre le gland endormi. La bouche contre ton omoplate, le nez enfoui dans ton odeur, je regardais par-dessus ton épaule les gestes mille fois répétés depuis l'adolescence. À un moment donné tu m'as tendu le rasoir et tu t'es retourné.

— Tiens, continue.

Je t'ai fait asseoir sur le siège de toilette et, délicatement, j'ai terminé ce que tu avais commencé, faisant glisser la lame dans le savon, à fleur de peau. Tu fermais les yeux, abandonné. J'ai essuyé les dernières traces de savon avant de t'embrasser. Tes lèvres m'attendaient, elles se sont ouvertes pour accueillir ma langue. Tes mains sont entrées sous ma robe de chambre pour aller chercher mes fesses puis, par-derrière, mon sexe déjà en train de s'ouvrir. Je me suis cambrée. La robe de chambre s'est écartée et tu as bécoté un petit chemin de mon nombril jusqu'au pubis. J'étais prête à recevoir ta bouche, mon sexe était affamé. Mais tu as relevé la tête pour me regarder d'un drôle d'air, et tu as dit :

— Tu veux que je te le fasse ?

— Quoi ?

— Tu veux que je te rase ?

Tu connaissais mon opinion sur cette mode des sexes épilés. Je ne voulais pas d'une vulve de petite fille. Mais tu as insisté.

— Allez, juste une fois… Ce sera doux, doux, doux… J'aimerais bien promener ma langue sur des lèvres nues… Pour voir ce que c'est… Laisse-moi faire…

Je t'ai donc laissé me coucher sur le tapis de la salle de bains. Tu as fait couler de l'eau très chaude dans la baignoire et y as trempé une serviette que tu as ensuite posée entre mes cuisses ouvertes. La chaleur s'est insinuée tout de suite sous ma peau. J'étais toute aux sensations étranges qui montaient, qui commençaient déjà à m'envahir. Tu as laissé un moment la serviette me transmettre sa température, attendrir la peau déjà si délicate de mes grandes lèvres. Puis, doucement, tu as mélangé le savon avec un peu d'eau et enfoncé le blaireau dans la mousse riche. Je ne te quittais pas des yeux. Mais j'ai dû les fermer quand j'ai senti le contact frais de la mousse, contrastant avec la chaleur qui demeurait de la serviette. Tu as procédé avec une lenteur qui décuplait l'effet de ce contact, soyeux et tendre. Ma chair s'ouvrait, mon corps entier s'amollissait. La mousse a fini par recouvrir complètement mon sexe, créant au bas de mon ventre un triangle velouté que tu m'as montré avec le miroir à main. Comme de la crème fouettée, as-tu observé en te pourléchant. Avec méthode tu as trempé le rasoir dans l'eau presque bouillante, puis tu as tracé avec la lame des chemins sur le mont de Vénus, des chemins d'amour qui convergeaient tous vers ma vulve qui, à ce moment, palpitait carrément comme si mon cœur s'était trouvé dedans. Tu m'as fait ouvrir les cuisses un peu plus largement. À mouvements précis, à la fois légers et fermes, tu as petit à petit découvert la peau fine, si blanche de ne voir jamais le soleil, qui entourait la fleur couleur de sable, maintenant offerte sans son étole de fourrure. Tu as remouillé la serviette pour essuyer doucement les restes de mousse, puis, ton ouvrage terminé, tu t'es penché enfin vers ce cœur qui battait dans mon entrecuisse. Ta langue s'est promenée longuement sur mes grandes lèvres, en éprouvant le velouté tout neuf, tandis que moi-même je ressentais – il me semblait pour la première fois – la fraîcheur de l'air à cet endroit de mon corps qui en avait toujours été protégé. Tu as écarté mes lèvres avec tes doigts, puis tu as soufflé, lentement. J'ai poussé un gémissement. Toute ma peau se concentrait dans ces quelques centimètres plus nus encore que ma nudité même. Après quelques secondes, je t'ai supplié, n'en pouvant plus.

— Prends-moi. Prends-moi avec ta bouche.

Tes doigts tenant toujours mes lèvres écartées, tu m'as obéi. Ta langue a investi le creux de mon sexe, m'a pénétrée comme un membre, est ressortie, est revenue à l'intérieur, et moi je me suis mise à gémir, de façon ininterrompue, un chant sauvage et rauque qui venait d'un endroit de moi jusqu'alors inconnu. Tu as cessé un moment tes allées et venues pour sucer mon clitoris qui avait littéralement jailli de son petit écrin pour venir à ta rencontre. J'ai poussé alors un cri de bête qui t'a indiqué que c'était le moment, oui, le moment d'insérer un doigt, non deux, non trois dans mon sexe, et tu as entamé un mouvement circulaire sur la paroi intérieure de mon vagin tout en poursuivant la succion. Je criais, ma tête oscillait à gauche, à droite, j'avais les doigts crispés sur le tapis de bain. Et puis, en quelques secondes, une explosion de lumière dans ma tête, un jaillissement d'écume, et mon ventre comme aspiré et soufflé à la fois, oh mon amour, mon amour… Et voilà que c'est fini maintenant, il n'y aura plus de ces moments fous, il n'y aura plus que le temps tout seul avec moi dedans et peut-être une fois ou deux mes doigts maladroits qui tenteront de se souvenir de tout ça…

Il ne faut pas que je pleure. Il faut que je me souvienne de la joie. Seulement de la joie. Nous n'avons plus jamais rejoué à ce jeu : j'ai gardé un souvenir trop cuisant de la repousse.

Mais il y en a eu d'autres, bien d'autres. Des rires, des baisers, des morsures, des cris, des peaux moites et des odeurs fauves. Tout ça nous appartient, mon prince des steppes. Pour toujours.

ILS M'EN ONT PARLÉ ce matin. J'attendais ce
moment, bien sûr. C'était inévitable. Ils m'ont
parlé de te débrancher. Tu es devenu une
machine détraquée, un vieux gramophone
qui ne pourra plus faire de musique. Je ne
peux m'y résoudre. Pas encore. Comment je
pourrais ? Tu dors là, tranquille, tu sembles
sur le point d'ouvrir les yeux, et de me dire,
encore tout collé de sommeil : « Bonjour,
Söyli. » Söyli. Mon amour, ma bien-aimée.
Dans cette langue que tu as pourtant prati-
quée durant près de six ans, tu ne m'as jamais
rien dit que des mots d'amour. Mais je t'ai
entendu parler à Yyldyz dans cette langue…
Combien de fois suis-je arrivée dans l'écurie
pour t'entendre lui réciter les contes aux mots
râpeux que tu avais ramenés de là-bas. L'histoire de Toshtuk bien sûr, mais d'autres aussi.
Et puis les chansons des bakhchis, ces bardes
qui faisaient revivre les batailles et les grandes
amours du folklore populaire. Tu disais que
cela le rendait heureux d'entendre la voix
de son pays. À ce souvenir, j'ai pensé t'ap-
porter un peu de musique de là-bas. Tu sais,

ce disque de doutar que tu écoutais quand la nostalgie te rattrapait. Au son de la guitare à deux cordes, tu partais en toi-même, vers ces contrées jamais effacées de ta mémoire où tu as couru dans la steppe avec des hommes sans maître. Et sans femmes.

Bien sûr ils avaient des épouses, tes « frères ». Mais tu ne les as jamais vues, ou alors furtivement, elles s'empressant de se couvrir le visage dès qu'elles apercevaient l'étranger dans les parages. Tu es arrivé jusqu'à moi presque vierge, à trente-six ans passés. C'est fou quand j'y pense. Mais l'histoire est pourtant simple. Engagé à dix-huit ans, puis envoyé un peu partout sur le terrain, tu n'as pas voulu partager les « expéditions nocturnes » de tes camarades, qui allaient rencontrer des demoiselles complaisantes. Tu n'as pas voulu non plus profiter des services des professionnelles qui ne se trouvent jamais loin des campements d'une armée. Cette idée de te transformer en prédateur te puait au nez, disais-tu. Et avant, eh bien, avant, puisque tu étais depuis toujours celui auquel on destinait les brimades ordinaires, les filles ne s'intéressaient pas à toi. Une fois ou deux, m'as-tu dit. Peut-être trois. Au cégep, complètement soûl à la fin d'une soirée, la fille aussi. Y a-t-il eu une autre cow-girl avant moi dans le circuit des festivals ? Tu ne m'en as jamais rien dit. Je me suis souvent demandé comment il se faisait que tu aies su, dès la première fois, exactement quels gestes poser pour me donner de la joie… L'amour, l'amour, chantonnais-tu.

La première fois. Nous nous la sommes rejouée souvent, n'est-ce pas ? Tu m'as reçue pour le thé, c'était à la fin de l'été, nous avions pris l'habitude de nous retrouver à ta tente juste avant le souper. Parfois tu me confectionnais des kebabs, ou encore un palaw – j'adorais ce plat de riz à la viande et aux épices –, parfois nous ne prenions que ce thé sucré, oubliant de manger dans le plaisir de la conversation. Tu m'as parlé des chevaux, bien sûr. De ce buzkachi que tu as mis cinq ans à maîtriser et que tu n'as couru qu'une seule fois, un honneur que jamais on n'avait octroyé à un occidental avant toi dans ce coin de pays. Quel sport étrange, une espèce de mélange de polo et de rugby, où les chevaux autant que les hommes se disputent une carcasse de chèvre… Buzkachi : littéralement, « attrape la chèvre », en langue mongole. Devant mon rire, tu t'es assombri.

— C'est un sport noble. Ça demande beaucoup de force et d'endurance, et il faut que tu sois parfaitement en symbiose avec ton cheval. Seuls les plus grands cavaliers peuvent remporter le buzkachi.

Tu m'as expliqué que, dans le village où tu étais, il y avait un vieil homme que l'on vénérait parmi tous les autres. Il avait, lui, un jour, gagné le buzkachi. Depuis, on l'honorait comme un prince. Puis tu as pris un air très doux.

— Mais tu sais… Ces gens, ils sont durs c'est vrai, ils mènent une vie très difficile. Ils ont été en guerre pendant si longtemps. Ils sont si pauvres. Chaque être humain né dans ce pays sait exactement ce que sont la faim, le froid, la terreur. Tout le monde connaît quelqu'un qui a été tué ou mutilé. Pourtant si tu entendais leur poésie…

J'ai voulu en savoir plus. Tu m'as décrit le ghazel, ce poème venu de l'ancienne Perse, dont le nom signifie « conversation avec l'aimée ». Moi qui n'étais pas trop à l'aise avec la poésie, en tout cas celle qu'on nous faisait ingurgiter de force à l'école, je t'ai quand même demandé :

— Tu en connais par cœur ?

Pour toute réponse, tu as posé ton verre sur la table basse. Nous étions dans la tente, assis en tailleur sur le tapis qui en garnissait le sol – réminiscence orientale, comme le samovar. Tu as saisi le bout de mes doigts. Ta voix a légèrement changé, et les mots sont venus, sortant de ta gorge sur un rythme scandé, j'entendais les rimes et l'harmonie, c'était peut-être plus proche du chant que de la parole, cela m'a paru très beau et doux. Mais je ne comprenais pas… Souriant tu as recommencé, en français, le poème d'amour dont tu m'as confié ensuite qu'il était le plus populaire là-bas.

> *Je suis assis dans l'affliction, percé des*
> *poignards de la séparation.*
> *Elle a emporté mon cœur dans ses serres,*
> *aujourd'hui en venant,*
> *Tout doux, tout doux.*
> *Je suis toujours en lutte, je suis rouge de*
> *sang, je suis ton mendiant.*
> *Ma vie est une angoisse. Mon amie est*
> *mon médecin; je désire le remède;*
> *Tout doux, tout doux.*
> *Son sein a la pomme, ses lèvres ont le*
> *sucre, ses dents ont la perle; elle a tout*
> *cela, ma bien-aimée;*
> *Elle m'a blessé au cœur et c'est pourquoi*
> *je suis plongé dans les larmes;*
> *Tout doux, tout doux.*
> *À toi est dû mon service; toi, songe à moi,*
> *ô mon amour, à tout jamais.*
> *Matin et soir je suis couché à ton sanc-*
> *tuaire; je suis le premier de tes cavaliers;*
> *Tout doux, tout doux.*

Je suis restée muette ensuite, les yeux dans les tiens, et serrant mes doigts plus fort tu as répété:

> *Matin et soir je suis couché à ton sanc-*
> *tuaire; je suis le premier de tes cavaliers...*

Je ne sais pas si c'est toi qui m'as attirée, ou moi qui suis venue à toi, mais les derniers mots se sont perdus dans mon cou.

Tout doux, tout doux…

Oh mon amour, je tremblais déjà, dès que tes lèvres se sont aventurées au pli de mon épaule, je tremblais de fièvre. Je me suis approchée encore et tes mains ont attrapé mes hanches, puis nos bouches se sont jointes. Parfaitement unies, comme faites pour s'emboîter l'une dans l'autre. Ta langue était fraîche, j'ai pensé aux figues dont tu m'avais parlé, à leur chair de la même couleur que celle du sexe des femmes, à leur moiteur qui faisait faire des blagues aux hommes parfois. Tu t'es reculé un peu pour me contempler, et alors j'ai osé le tout pour le tout. Sans te quitter des yeux j'ai enlevé mon t-shirt, mon jean, puis mon soutien-gorge et ma culotte. J'étais nue, toi tout habillé encore, pétrifié de timidité je crois. On entendait Yyldyz qui renâclait doucement dehors. Et, au loin, les sons de la fête : musique, cris, rires. Une odeur de barbecue flottait jusque dans la tente. Mais à ce moment je n'avais faim de rien, que de toi. J'ai pris une de tes mains et je l'ai posée sur mon sein gauche. Oh ! ce contact. Mon amour, c'était comme si tu me touchais partout à la fois, partout, jusqu'à l'âme. Comme

si toutes les cellules de mon corps criaient :
« Enfin ! » J'étais tout entière tendue vers toi,
mon sexe se mouillait, j'aurais voulu t'accueillir en moi immédiatement.

Mais je me doutais que tu avais besoin
d'un peu plus de temps. Je t'ai laissé égarer tes
doigts sur ma peau, tu mesurais les volumes
et les courbes avec application comme un
écolier, mais je voyais à ton visage l'émotion qui prenait sa place, puis le désir qui
montait, qui montait… Lorsque tu as enfin
touché mes fesses, je suis venue tout contre
toi et tu as pu sentir à travers tes vêtements
la chaleur de mon corps, les pointes dures de
mes mamelons. J'ai écarté les cuisses, assez
pour que tu comprennes le message et que tu
amènes tes doigts jusque-là. Mon sexe était
affamé. Je sentais l'intérieur de mes cuisses
qui tremblait. Je t'ai dit tout bas :

— Je vais te déshabiller maintenant. Tu
veux ?

Tu as fait oui de la tête. J'ai déboutonné
ta chemise pour dévoiler ta poitrine aux muscles fins, ton ventre légèrement renflé avec sa
ligne de poils descendant du nombril. Avec un
peu d'aide j'ai ôté ton jean, puis ton caleçon.
Ton sexe était beau, bien droit dans son nid
bouclé. Mes sens étaient tellement allumés que
ton odeur est parvenue jusqu'à mes narines,
faible mais bien là, vivante et douce. J'ai quêté
un nouveau baiser en tendant mon visage et,

tandis que nos langues se retrouvaient, j'ai saisi ton membre. Il était vivant dans ma paume. Je suis restée un moment sans bouger, juste pour le sentir vivre comme ça, puis je l'ai caressé un peu. Mais je n'en pouvais plus. C'était comme si j'avais été dans ce désir de toi depuis si longtemps que l'attente n'était plus possible. Je te savais pour moi depuis avant nous deux. Je t'ai poussé doucement pour que tu te retrouves sur le dos et je suis venue sur toi. Nos sexes comme nos bouches se sont unis parfaitement, et le mouvement d'amour s'est entamé lentement, lentement. Tu étais tout entier en moi, j'étais tout entière autour de toi, nous étions l'un à l'autre et à la fois l'un ET l'autre. Je ne sais pas combien de temps cela a pu durer. Nous étions dans l'éternité. Lorsque j'ai crié ma joie, tu as hurlé la tienne. Nous sommes restés agrippés l'un à l'autre durant de longues minutes ensuite. Je me suis mise à sangloter, emportée par une émotion inconnue, immense. Je pleurais, pleurais, je ne pouvais pas m'arrêter. Cela m'a un peu gênée et j'ai relevé ma tête pour m'excuser. Puis j'ai vu tes traits dans la pénombre, et j'ai su à ce moment que nous étions l'un à l'autre, toi et moi, pour toujours et depuis toujours. Parce que tes joues, elles aussi, ruisselaient de larmes.

QU'EST-CE QUI SE PASSE dans ton corps? Je
me rends bien compte qu'il ne se comporte
pas comme il devrait. Comme le corps d'un
homme vivant. Tes pieds et tes mains sont
glacés. Tu as les joues de plus en plus creuses.
Es-tu mort? Est-ce que tout va s'arrêter
subitement si je demande de débrancher les
appareils? Est-ce que ton cœur n'est plus
qu'une pompe actionnée mécaniquement?
L'amour... L'amour est-il encore là? Peut-être
est-ce ce qui reste, après tout. Une fois les
mécanismes éteints. Peut-être ne demeure-t-il
que cette petite lumière-là.

Je l'ai senti, ton amour, tout de suite. Je
te l'ai dit si souvent. Que tu étais en moi, que
je te connaissais bien avant que nous nous
rencontrions. Que je t'ai toujours su. L'amour
n'est-il que cette pulsion programmée qui
nous fait choisir l'autre pour ses qualités
de reproduction, pour sa force protectrice,
pour ses compétences parentales? Si c'est
vrai, cette histoire, comment se fait-il que
nous nous soyons jetés l'un dans la vie de
l'autre aussi éperdument, alors que l'âge des

enfants, en tout cas pour moi, était passé ? Depuis le premier matin nous sommes inséparables, soudés l'un à l'autre en permanence comme deux adolescents. Tu te nourrissais de ma spontanéité et moi de ta profondeur. Et nous buvions l'un à l'autre avec une soif jamais étanchée.

As-tu soif encore de moi, mon amour ? Toi qui aimais tant me regarder jouir, est-ce que tu sentirais mon plaisir, là, maintenant, si je venais m'étendre à tes côtés pour me caresser ? Je ne le ferai pas. Pas ici, dans cette chambre ouverte. Mais je peux me souvenir pour toi. Te raconter, encore. Te raconter comment tu m'as amenée à me libérer de cette timidité séculaire qui me refusait toute exposition à ton regard, au début, lorsque tu me demandais de le faire devant toi.

Pourtant cela s'était déjà produit avant. Durant cet été fou, je l'avais fait une fois ou deux. Exposer mon plaisir au désir de l'autre. Je l'avais fait avec l'auto-stoppeur, avec Manon et Steve, mais aussi avec cet autre homme rencontré à la sortie d'un rodéo. Il faisait très chaud. La sueur collait les vêtements à la peau et je suis allée me chercher une limonade au stand des rafraîchissements. C'était une ou deux semaines avant l'épisode des deux imbéciles dont Yyldyz et toi m'avez délivrée. Je laissais avec délice la fraîcheur du jus de fruits descendre dans ma gorge, toute concentrée sur l'espèce de légèreté qui s'emparait de moi à mesure que mon corps se tiédissait. Une voix m'a dérangée. Un homme.

— Vous avez tellement de plaisir à boire cette limonade, mademoiselle, c'est de toute beauté. Laissez-moi vous en offrir une autre.

Une belle voix. Un accent européen. Un grand grisonnant, mince, peut-être début cinquantaine, vêtu de lin pâle. J'ai accepté l'offre. C'était un touriste qui voyageait seul, émerveillé par les grands espaces. Courtois, cultivé, spirituel. Il se prénommait Thierry. La limonade a été suivie par un repas, puis par un verre ou deux, puis par une escapade jusqu'à son hôtel. Une fois dans sa chambre, nous nous sommes embrassés. C'était doux, sa langue explorait ma bouche avec délicatesse, j'ai eu envie de lui. Mais il a détaché mes mains baladeuses de sa chemise et m'a repoussée doucement.

— Vous en premier. S'il vous plaît. Que je visite votre continent avec les yeux d'abord.

Je ne m'étais jamais déshabillée devant quelqu'un comme ça. Mais sa gentillesse a fait fuir ma réserve. Il s'est installé dans un fauteuil, les jambes croisées, et je me suis plantée devant lui. Je ne savais pas trop par où commencer. Je le lui ai dit.

— Guidez-moi.

— Détachez vos cheveux.

J'ai enlevé le clip qui les retenait en arrière et les ai secoués.

— Continuez comme cela. Lentement, que je découvre.

Un à un j'ai détaché les boutons de ma chemise à carreaux. Puis j'ai découvert une épaule, puis l'autre. Il m'a fait signe de ralentir quand j'ai voulu ôter la chemise. Je l'ai donc laissée en place, ouverte, dévoilant le milieu du soutien-gorge, un peu de peau au niveau du ventre. J'ai détaché mon jean et l'ai fait descendre avec une lenteur que j'espérais adéquate. Son regard attentif et tendre a allumé mon désir. Je me sentais bien. Pas jugée, ni jaugée. Juste bien. J'ai ensuite enlevé la chemise et suis restée devant lui un moment, en sous-vêtements. Les bretelles du soutien-gorge ont l'une après l'autre glissé sur mes bras, puis je l'ai détaché d'un geste rapide et sûr et il est tombé par terre. Après un instant, le temps qu'il puisse contempler mes seins, j'ai fait descendre ma culotte. J'étais maintenant debout, nue, offerte à l'examen de l'homme qui demeurait immobile dans le fauteuil. Sur un signe, j'ai tourné sur moi-même, qu'il voie aussi mon dos et mes fesses. Je trouvais ce jeu très excitant. Je me doutais de ce qui allait suivre. Au bout d'une ou deux minutes, il m'a dit de m'étendre sur le lit, face à lui, et d'ouvrir les cuisses. Il a tiré le fauteuil près du lit.

— Écartez vos lèvres avec vos doigts, s'il vous plaît.

En obéissant à sa demande, j'ai senti que mon sexe était déjà très humide. Il m'a laissée comme ça assez longtemps pour que monte en moi, furieux, le besoin d'être touchée. Quand il a senti que j'étais à point, il a soufflé :

— Aaaaah. L'origine du monde, la voilà… Caressez-vous.

Mes seins avaient désespérément faim d'être pétris, mais j'ai compris qu'il souhaitait que je caresse mon sexe. Laissant l'une de mes mains garder l'ouverture béante, j'ai pris entre mon pouce et mon index le bout de mon clitoris. Je l'ai tortillé un peu, mais j'étais tellement excitée que j'ai dû arrêter, de peur de jouir trop vite. L'homme était au bout de son fauteuil, penché en avant pour ne rien perdre du spectacle. Sa respiration s'accélérait. Mon index libre est allé se balader dans le creux que je devinais luisant de cyprine et je l'ai fait pénétrer une fois, deux fois, et encore et encore, jusqu'à ce que mon bassin se mette aussi de la partie, suivant le mouvement. Je n'ai pas pu tenir longtemps avant de retourner vers le petit bouton d'amour qui vibrait là-haut et, dès que je l'ai touché, le plaisir m'a saisie, violent, immédiat. J'ai poussé un cri bref, mon corps s'est tendu comme un arc, puis mon dos est retombé sur le couvre-pied. Les yeux fermés, pantelante, j'attendais qu'il vienne sur moi, qu'il me pénètre, vite, mais… rien. J'ai redressé les épaules pour le trouver dans la même position, mais le visage complètement étiré dans un immense sourire ravi.

— Merci, merci mademoiselle. C'était formidable.

Je n'ai pas pu m'empêcher d'exprimer une certaine frustration.

— C'est… c'est tout ?

Mon gentil voyeur a pris un air penaud pour m'expliquer que oui, c'était tout, qu'il lui était impossible de me donner quoi que ce soit en retour. Il m'a proposé de me raccompagner, ce à quoi j'ai acquiescé, puisqu'il n'y avait pas de taxi à cette heure dans le village où se tenait l'événement qui nous avait réunis. Nous avons fait le trajet, moi silencieuse et lui me racontant ses périples autour du monde. Je me doutais qu'il avait dû « explorer » plus d'un territoire comme il l'avait fait de moi ce soir-là. Je me sentais détendue, cela avait somme toute été très agréable.

Je n'ai jamais su pourquoi il ne pouvait que regarder. Mais ensuite, lorsque tu m'as fait la même requête, je n'ai eu aucun scrupule, jamais, à y obéir. D'autant plus que toi, tu offrais quelque chose en retour.

13

Il va falloir que je prenne une décision. Ils m'ont expliqué que, même si les fractures des vertèbres reprenaient comme il faut, celle du bassin avait sectionné une artère et que tu avais fait une hémorragie interne trop importante avant que les secours arrivent. Ton cœur a compensé un temps, mais maintenant ce ne sont que les machines qui te maintiennent. Ton visage est tellement paisible. Tu as l'air de dormir, tout simplement. Tu sais que je t'ai regardé dormir ainsi des centaines de fois ? Bien sûr que tu sais.

Certaines nuits, tu t'agitais. Éveillée par tes mouvements incessants, je restais les yeux ouverts dans le noir, impuissante. Tout ce que je pouvais faire, c'était te caresser. Et encore, la seule fois où je t'ai réveillé, croyant bien faire, la nuit a tourné au cauchemar. L'homme furieux qui se tenait debout dans la chambre, ce n'était plus toi, c'était la colère personnifiée. Tu m'as fait peur cette nuit-là. Ensuite je t'ai laissé te battre avec tes démons nocturnes. Je t'ai rarement vu dormir aussi paisiblement que maintenant. C'est peut-être que tu es mort, alors. Peut-être qu'ils disent vrai et qu'il ne sert plus à rien de garder les appareils en marche, que cette artère rompue a fini de te vider de ton sang et que ton cœur pompe à vide. Une fracture du bassin, des vertèbres écrasées, et voilà mon amour mort à côté de moi, et moi qui fais semblant qu'il est en vie. C'est ça ? Tu ne les entends plus, mes histoires, n'est-ce pas ?

Nous étions si vivants tous les deux. Éros, la pulsion de vie, c'était nous. Je me souviens de ce qu'un prof de cégep nous avait dit à ce sujet. Éros et Thanatos, les deux forces primordiales qui ont transformé le Chaos en Cosmos… La vie et la mort. Nous étions Éros engendré par Thanatos. Tu me disais que si la vie nous habitait autant, c'était parce que la mort avait son nid au fond de nos âmes. Il fallait qu'elle la surveille. Parce que la mort pouvait se réveiller n'importe quand et nous emporter. Pour cela, tu étais prêt à faire l'amour n'importe où, n'importe quand. Tu faisais l'amour comme tu montais à cheval, complètement présent à l'autre, entièrement emporté par la fureur du moment. N'importe où, n'importe quand.

Cette spontanéité m'a un peu surprise au début, je dois l'avouer. À vrai dire, bien que te sachant plutôt réservé dans la vie, quelques mois après notre rencontre je commençais déjà à connaître ton appétit d'amour ainsi que la liberté avec laquelle tu t'abandonnais aux jeux de l'érotisme. Mais jusque-là nous nous étions cantonnés à ta tente, à ma Caravan, parfois un motel. Et depuis quelques semaines, c'était le haut de maison que nous avions loué à Sainte-Julienne, dans le but de me rapprocher encore de mon rêve d'enfant. Je t'avais fait part de mon projet d'ouvrir un jour un refuge pour chevaux retraités, une idée qui rejoignait ton vœu d'avoir un endroit pour donner des enfants à Yyldyz, et ainsi créer une lignée québécoise d'Akhal Teke. Mes proches trouvaient que j'étais « vite en affaires », de m'installer comme ça avec toi, si peu de temps après notre rencontre. Mais nous savions, nous, que cette rencontre était en fait des retrouvailles, et que l'avenir l'un sans l'autre était proprement inenvisageable. Nous avions décidé de chercher tranquillement une fermette où nous pourrions mettre en marche notre plan.

C'est lors de la seconde visite que cela s'est passé. La courtière nous avait proposé, mesure exceptionnelle, de jumeler notre visite avec celle d'un autre client : elle devait emmener son enfant chez l'orthodontiste cet après-midi-là, et ce genre de rendez-vous se déplace difficilement. Comme nous en étions au début de notre chasse à la fermette et que nous n'étions pas certains que celle-là conviendrait vraiment, nous avons accepté, nous disant qu'au fond cette première visite nous permettrait d'être mieux préparés aux prochaines, certainement plus sérieuses.

L'autre couple, plus jeune que nous, débordait d'enthousiasme et n'arrêtait pas de s'embrasser. Nous avons tout de suite échangé un regard entendu, tu te rappelles ? Cette maison n'était pas la nôtre, mais la leur. Trop neuve, trop pimpante. Comme eux. Le terrain, trop aménagé. Nous avions besoin d'un lieu plein de souvenirs, un peu à l'abandon, comme nous, un lieu qui finirait de renaître avec nous, auquel nous instillerions notre lumière. Laissant l'autre couple avec la courtière dans la maison, tu m'as entraînée vers l'extérieur, prétextant que tu voulais voir les dépendances. Mais ce n'est pas là que tu m'as emmenée.

Il y avait au bout du terrain un genre de jardin à l'anglaise, soigneusement aménagé, avec un petit étang artificiel, des buissons, de la mousse. Alors que je ronchonnais devant l'aspect trop « arrangé » du lieu, tu m'as dit :

— Couche-toi.

Interloquée, je n'ai pas compris tout de suite.

— Ici, par terre ?

— Oui. Là, sur la mousse. Relève ta jupe.

Je portais ce jour-là une jupe longue. On était en octobre, en plein été des Indiens, et j'étais nue dessous. C'était toi qui m'avais fait comprendre que tu aimais bien savoir mon sexe offert comme ça, sous une jupe me tombant presque jusqu'aux pieds. Mon sexe juste pour toi. Et moi, parce que j'y prenais autant plaisir, bien sûr. Ainsi lorsque j'ai compris à quoi tu voulais en venir, ça m'a excitée au plus haut point. J'ai laissé échapper un rire nerveux.

— Philippe, on pourrait nous voir !

— Je sais. Dépêche-toi.

Tu riais toi aussi. Mais ça ne t'empêchait pas d'avoir une superbe érection que j'ai pu apercevoir quand tu as baissé ton pantalon. Tu t'es vite couché sur moi. J'écartais les jambes au maximum pour te recevoir. Sans aucune préparation, j'aurais pu redouter un inconfort, mais la situation était suffisamment excitante : tu m'as pénétrée sans effort et comme à chaque fois, le souffle m'a manqué, comme si c'était moi tout entière qui étais investie de toi. Avant même que tu portes le premier coup, on a entendu des voix. L'autre couple venait de sortir et venait dans notre direction. Encore une fois, j'ai eu peur qu'on se fasse surprendre.

— Ôte-toi ! On va se faire prendre !

Mais en même temps, cette crainte décuplait mon désir. Sans un mot, tu as continué à me besogner. J'ai dû te mordre pour ne pas gémir trop fort. Oh mon Dieu, Philippe, toi dans moi c'était… c'était l'Univers. L'Univers avec chaque chose à sa place dedans. Tu comprends ? Tu ne me touchais pas les seins, mais nos bouches se sont cherchées frénétiquement. Nos langues et nos souffles, et nos dents se sont entrechoqués. Je crois que j'ai mordu ta lèvre trop fort. Tu as joui avec un grognement, enfonçant ta verge le plus loin possible, et moi j'ai étouffé un cri en te sentant te vider en moi. Je serais restée ainsi, le temps de laisser baisser la tension sexuelle, le temps que nos souffles s'apaisent, dans cette bienheureuse torpeur de l'après-amour. Mais les voix s'approchaient. Nous avons prestement rajusté nos vêtements et, lorsque le groupe est arrivé en vue, nous étions négligemment assis sur la mousse près de l'étang, contemplant l'aménagement paysager.

Nous nous sommes souvent amusés de ce souvenir, par la suite. Et nous avons recommencé… Dans des ascenseurs, dans des salles d'essayage… Une fois, derrière un bar, je t'ai fait une pipe. Tu te rappelles ? Nous étions dans l'ombre, au fond de la ruelle, mais les gens qui passaient dans la rue auraient pu facilement nous voir. Tu murmurais « Oui, oui, continue… » et moi je tenais ton sexe dans ma bouche, ton beau sexe droit et dur, mes narines s'emplissaient de ton odeur d'homme. Je caressais tes bourses toutes durcies tandis que ma langue dessinait des arabesques sur ton gland, puis j'ouvrais à nouveau les lèvres et te prenais, jusqu'au fond, quitte à avoir un petit haut-le-cœur à l'occasion. J'ai reçu ta semence et l'ai bue comme une offrande, comme chaque fois que je t'ai fait l'amour avec ma bouche, mon amour. Comme je le ferais encore si je savais que ça peut te rendre heureux.

⋯⋯

Comment décider de mettre fin à ta vie, mon amour ? À notre vie ensemble ? Quelle cruauté, non ? Moi à qui tu disais, pas plus tard que le matin de ta chute, combien je te faisais sentir vivant.

Nous étions nus dans notre grand lit, dans cette chambre de la vieille maison qui nous a finalement accueillis cette année-là. Comme nous l'avons aimée cette maison. Biscornue, pleine de recoins, les clous des murs qui claquent durant les grands froids. Nous avons tranquillement repeint, réparé, soigné la vieille baraque. Nous avons aménagé la grange en écurie. Nous y avons accueilli Patchouli, ma jument canadienne, la première colocataire de Yyldyz ; puis Guinevere l'année suivante, puis Kouirouk leur fils, puis un peu plus tard Viviane, leur fille. Puis d'autres sont venus finir leurs jours chez nous, des vieilles bêtes qu'on a laissé vivre pieds nus leurs dernières années. C'est toi qui m'as convaincue de ne plus ferrer les chevaux. Tu avais appris là-bas à parer les sabots sans fers. Tu m'as enseigné, puis je suis allée faire des ateliers de formation aux États-Unis. Après deux ans, je ne ferrais plus que quelques clients : les autres étaient tous devenus des adeptes du pied nu. Notre fondation – Pieds nus dans l'aube – permettra encore de sauver de l'abattoir les animaux retraités, même après notre départ. Tu y as veillé, je le sais.

Kouirouk est encore triste. Il ne mange plus. Il boit un peu, mais c'est tout. Je crois qu'il se laisse aller puisque tu n'es plus là. Il me faudra bien du courage pour ne pas faire la même chose, tu sais. De quoi je te parlais, déjà ? Ah, oui. Que tu me disais ce matin-là que je te faisais sentir en vie.

Les gens ont du mal à imaginer qu'on puisse avoir encore du désir l'un pour l'autre à l'âge où les chairs flétrissent. Et pourtant. Pourtant ce matin-là, dans le soleil d'automne qui entrait à flots par la fenêtre, nous avons fait l'amour. Lentement, avec une infinie tendresse. Tu as parcouru mon corps de baisers comme tu l'avais déjà fait des milliers de fois, et je me suis ouverte à ton désir, et tu t'es abandonné au mien. Nous avons gémi et pleuré comme les amants fous que nous sommes, et nous nous sommes contemplés en souriant une fois l'amour accompli. C'est toi qui as proposé la balade.

— Il fait beau. Ça doit sentir bon. On sort nos vieilles picouilles ?

Balade nécessaire pour les vieux chevaux. Nous avons fait une partie du chemin à pied à côté d'eux pour ne pas trop les fatiguer, main dans la main. Ils étaient heureux, nos deux vieux amis. Et puis au retour, tu as voulu donner à ton cheval le bonheur d'être monté. Il est fier quand tu es sur son dos, il te porte comme un trophée. Il te portait... En tout cas... Et cette satanée perdrix qui a surgi du bois. Avec l'âge, Kouirouk est devenu plus nerveux. Vous êtes tombés l'un sur l'autre.

Et maintenant... Et maintenant je dois dire à ces gens que je suis prête à te laisser partir pour de bon. À ne plus jamais entendre ta voix, à ne plus jamais voir ton sourire, à ne plus jamais écouter tes poèmes afghans, à ne plus jamais sentir ta peau sur ma peau, ton sexe dans mon sexe, ta langue autour de la mienne. Il faut que je décide que c'est terminé l'amour, que c'est terminé la vie. Que c'est le tour de la mort, maintenant.

J'ai eu la permission de dormir ici, avec toi. De fermer la porte, qu'on ne nous dérange pas. Je vais me déshabiller et m'étendre contre toi, que tu sentes une dernière fois mes seins appuyés sur ton bras. Je vais poser mon nez dans ton cou, une jambe par-dessus ta cuisse. Je vais m'endormir comme ça, comme tant de fois je l'ai fait, et demain, demain je leur dirai qu'ils peuvent le faire.

Demain, je te dirai adieu.

Resteront de nous toutes les histoires que nous avons pu vivre ou nous raconter. Toutes les étreintes, toutes les caresses, tous les baisers. Toutes les fois où nous avons fait entrer en symbiose nos deux âmes à travers nos corps abouchés. J'aurai toujours sur la peau le tatouage invisible de tes lèvres passionnées, de tes dents amoureuses. Mon sexe vibrera encore à la pensée du tien venant à sa rencontre, à l'idée de ta langue l'explorant doucement. Mes seins durciront encore au souvenir de tes doigts s'insinuant sous ma chemise. J'aurai d'autres sourires tendres au rappel des légendes venues avec toi du pays des cavaliers. Ton tchapane et ton bonnet d'astrakan resteront à leur place. J'irai les respirer de temps en temps.

Mon tout aimé, mon prince des steppes. Je vais te laisser partir. Ne t'en fais pas, je reste là.

Je reste là.

Mot de l'auteure

Je tiens à remercier mon ami Louis Tremblay pour les conseils médicaux, ainsi que tous ceux et celles qui ont répondu à mes demandes d'information et, de cette façon, m'ont aidée à rendre plus crédibles le récit et ses personnages.

En ce qui concerne les citations littéraires, la « prière » où il est question de chevaux au paradis est attribuée à Robert Bontine, aventurier et politicien écossais, qui l'aurait mise dans une lettre adressée à Theodore Roosevelt. La traduction, relativement libre, est de moi. Quant au poème traditionnel (*ghazâl*), il s'agit d'un chant populaire transmis par la tradition orale, et la traduction en est de James Darmesteter, érudit français, dans *Chants populaires des Afghans*, Paris, Imprimerie nationale, E. Leroux, 1888-1890.

Au lecteur qui souhaiterait en savoir plus sur les fascinants cavaliers turkmènes et leurs non moins fascinants chevaux, je suggère la lecture du formidable roman de Joseph Kessel *Les Cavaliers*.

Merci enfin à mon amour et à mes proches de me rendre l'écriture possible.